문학과지성 시인선 97

게 눈 속의
연꽃

황지우 시집

문학과지성사에서 펴낸 황지우의 책

새들도 세상을 뜨는구나(1983; 개정판 1999)
어느 날 나는 흐린 酒店에 앉아 있을 거다(1999)
나는 너다(2015, 시인선 R)

문학과지성 시인선 97
게 눈 속의 연꽃

초판 1쇄 발행 1990년 12월 1일
초판 12쇄 발행 1994년 2월 25일
재판 1쇄 발행 1994년 10월 15일
재판 27쇄 발행 2024년 8월 30일

지 은 이 황지우
펴 낸 이 이광호
펴 낸 곳 ㈜문학과지성사
등록번호 제10-918호
주   소 04034 서울 마포구 잔다리로7길 18(서교동 377-20)
전   화 02)338-7224
팩   스 02)323-4180(편집) 02)338-7221(영업)
전자우편 moonji@moonji.com
홈페이지 www.moonji.com

ⓒ 황지우, 1994, Printed in Seoul, Korea

ISBN 978-89-320-0481-5 03810

문학과지성 시인선 97

게 눈 속의 연꽃

황지우

1994

이 누더기 옷 한 벌을 감히,
김현 선생께 바치고 싶다.
누더기 옷은 아무도 입으려 하지 않는다.
그렇기 때문에, 나는
다시는 옷을 입을 수 없는 그분께
이 옷을 드린다.
헤매고 있는 사람은
찾고 있는 사람이다.
나타나라,
어서, 나타나라.

1990년 겨울
황 지 우

게 눈 속의 연꽃

차 례

▨ 自 序

길

삶이란
얼마간 굴욕을 지불해야
지나갈 수 있는 길이라는 생각

돌아다녀보면
朝鮮八道,
모든 명당은 초소다

한려수도, 內航船이 배때기로 긴 자국
지나가고 나니 길이었구나
거품 같은 길이여

세상에, 할 고민 없어 괴로워하는 자들아
다 이리로 오라
가다보면 길이 거품이 되는 여기
내가 내린 닻, 내 덫이었구나

집

늙은 鞍山에서 본다
모든 길은 집으로 간다, 끝내는,
奉元寺여
나로 帶妻하게 하라
불켠 窓을 바깥에서 보면
나는 세상에서 쓸쓸하여
저녁이 이렇게 몸서리칠 일일 줄이야
집이 내 육체였을 줄이야
나 이제 사무치는
사기 그릇 가장자리, 내 새끼들 숟가락 소리
내 새끼들 주둥아리 밥테기들
에헤라 奉元寺여, 세상에 나와
집을 나와서 보면
세상은 外燈 하나하나에
목숨을 켜놓고 저렇게 가물가물 깜빡거리고 있다
취하면 몸이 집을 찾아가던 그
골목골목 家宅搜査중인 가로등 아래
집들이 불탄 숨소리를 내는구나
집은 삐걱거리면서도 심호흡을 한다
나의 집은 그저 食事와 公娼이었으나

이제 보이지 않는 奉元寺여

그러나 한번쯤은 제 집을 바깥에서 바라볼 일이다

오래오래 사는 것이 세상을 이기는 것이니

나 돌아가는 날까지 내 아내를 帶妻하여

내 뼈로 세운 집을 改築하여다오

그리고 아내여

萬里城邊에 홀로 있어

이 石壁 앞에 새까맣게 타버린 내 그림자

대가리를 대고 있는 나는

아직도 焚身中이다

그러므로 아내여, 오늘은 그대 혼자 울고

내일은 그대 스스로 일어나

문 앞의 길이 세상 끝에 나아가게 하라

모든 길은 집에서 나오므로

모든 길은 집에서 떠나므로

너를 기다리는 동안

네가 오기로 한 그 자리에
내가 미리 가 너를 기다리는 동안
다가오는 모든 발자국은
내 가슴에 쿵쿵거린다
바스락거리는 나뭇잎 하나도 다 내게 온다
기다려본 적이 있는 사람은 안다
세상에서 기다리는 일처럼 가슴 애리는 일 있을까
네가 오기로 한 그 자리, 내가 미리 와 있는 이곳에서
문을 열고 들어오는 모든 사람이
너였다가
너였다가, 너일 것이었다가
다시 문이 닫힌다
사랑하는 이여
오지 않는 너를 기다리며
마침내 나는 너에게 간다
아주 먼데서 나는 너에게 가고
아주 오랜 세월을 다하여 너는 지금 오고 있다
아주 먼데서 지금도 천천히 오고 있는 너를
너를 기다리는 동안 나도 가고 있다
남들이 열고 들어오는 문을 통해

내 가슴에 쿵쿵거리는 모든 발자국 따라
너를 기다리는 동안 나는 너에게 가고 있다.

着語: 기다림이 없는 사랑이 있으랴. 희망이 있는 한, 희
망을 있게 한 절망이 있는 한. 내 가파른 삶이 무엇인가를
기다리게 한다. 민주, 자유, 평화, 숨결 더운 사랑. 이 늙은
낱말들 앞에 기다리기만 하는 삶은 초조하다. 기다림은 삶
을 녹슬게 한다. 두부 장수의 평경 소리가 요즘은 없어졌
다. 타이탄 트럭에 채소를 싣고 온 사람이 핸드 마이크로
아침부터 떠들어대는 소리를 나는 듣는다. 어디선가 병원에
서 또 아이가 하나 태어난 모양이다. 젖소가 제 젖꼭지로
그 아이를 키우리라. 너도 이 녹 같은 기다림을 네 삶에 물
들게 하리라.

겨울숲

부우옇게 털빠진 겨울숲,
백양나무, 쥐똥나무, 오리나무, 참나무 等屬
너희가 피신자들이었구나
세상을 포위하고 있는
나의 聖所여
무르파 앞에 욕먹은 自己
가랑잎을 쌓고 있는, 참회하는 겨울숲
세상에 대한 한줌의 可望을
벗어버리니 이렇게 홀가분하다
나의 尿道에서 나간 藥水를 받는
겨울숲에서는 사람을 빼고는
의심할 게 아무것도 없다
내 뼈다귀 같은 말뚝들
빨리빨리 넘어오라
빨리빨리 넘어가자
罪를 감시하는 RADAR 基地

山 經

무릇 經典은 여행이다. 없는 곳에 대한 地圖이므로.

누가 아빠 찾으면, 집 나갔다고 해라.

利他心은 利己心이다. 그러나 利己心은 利他心은 아니다.

내가 군대에서 배운 유일한 교훈은, 위장의 死活性이었다.

요즘은 종일 집구석에 있소. 어디든 갈 수 있어요.

무릇 道는 교환과 방황을 위해 있다. 아니, 道는 약탈이다.

방광에 가득찬 한숨——게야, 바다 한가운데를 가보았느냐!

南山經

南山의 첫머리는 會峴이라는 고개이다. 그 고개는 남산의 북향 그늘이 드리워져 늘 음습하고 차가워, 사람 살 곳이 못 된다. 이곳의 어떤 풀은 그 생김새가 푸른 지렁이 같고, 가느다란 털이 달려 있고, 끈끈이액이 나와, 사람이 다가가면 긴 줄기로 휘감아 잡아먹으려 든다. 이름을 蒼芙라 한다. 이것에 닿으면 오줌을 자주 눈다. 이곳의 어떤 나무는 가지가지가 모두 草綠뱀으로 되어 있다.

17

바람이 불면 찢어진 혀를 낼름거리며 사납게 울부짖는다. 이 蛇木의 까만 열매를 먹으면 아이를 못 낳는다. 廢水가 여기에서 나와 淸溪로 흐르는데, 그 속에는 입 없는 비닐 뱀장어들이 많이 산다. 먹어서는 아니 된다.

회현 마루에서 남산 꼭대기까지에는 닭머리에 살무사 꼬리를 단, 커다란 거북이가 날개를 달고 날아다니는데, 이름을 鷄鮒蚵라 한다. 이 새의 염통은 욕망이다. 그것이 그것을 날게 한다.

남산 꼭대기에는 폭군 熙를 죽이고 희의 양아들 讒瀆에게 죽임을 당한 희의 신하 圭가 사지가 잘린 채 높은 고목에 걸려 있는데, 영생의 저주를 받아 죽지 않고 살아 있어, 계불가가 날마다 날아와 그의 목마른 입에 폐수의 물을 한 모금씩 떠넣어준다. 규가 목말라 소리쳐 울면 마른번개가 쳐, 부근에 풀과 나무가 없다.

남산에서 북으로 4백 리 가면 洛山이 있는데, 초목이 없고 메마르다. 이 산에 사는 어떤 새는 날개가 하나이고 눈이 하나이고 발이 하나이다. 鷺鷥라 하는 이 새는 암수의 날개와 눈과 발이 하나로 합쳐져야만 날아갈 수 있다. 이것이 한번 지나가면 세상에 되는 일이 없다.

다시 북쪽으로 2백 리 가면 晟北山이라는 곳인데, 이 곳의 어떤 짐승은 생김새가 돼지 같은데, 얼굴은 사람 같고, 눈이 네 개에다, 입이 앞뒤로 둘이고, 오리발을 하고 있으며, 그 소리는 사람이 되다 만 개 짖는 소리 같다. 이름을 蛔丈이라 한다. 이것이 나타나면 고을에 큰 도둑이 든다.

다시 북쪽으로 3백 리 가면 上溪山이 나온다. 초목은 자라지 않으나 물이 많다. 이곳의 어떤 짐승은 생김새가 긴꼬리원숭이 같은데, 앞발이 다섯이요 뒷발이 셋이다. 이름이 狗鯖이며, 소리는 나무를 찍는 듯하고, 이것이 나타나면 그 고을에 철거와 토목 공사가 많아진다.

다시 북쪽으로 2백 리 가면 水蹸山이다. 수목이 울창하나 옛날에 많은 젊은 사람들이 죽어 묻힌 곳이다. 이곳의 어떤 새는 몸빛이 군청색이고, 부리가 희고, 발이 붉다. 이 새가 앉는 곳마다 붉은 꽃이 핀다.

다시 북쪽으로 한 백 리 가면 道峰山이라는 곳인데, 무늬진 돌이 많다. 이곳의 어떤 짐승은 생김새가 소 같은데, 엉덩이 쪽에도 머리가 달려 있어서 앞으로도, 뒤로도 나아가질 못하고, 눈이 뿔 끝에 달려 있다. 이것이 나타나면 귀양가는 선비가 많아진다.

다시 북쪽으로 4백 리 가면 天摩山이 나온다. 은빛 개가 날개 달고 하늘을 날아다닌다. 이 개가 짖으면 입에서 불덩어리가 나온다. 사람을 잡아먹는다.

다시 북쪽으로 5백 리 가면 招搖山이다. 이곳에는 바다 건너온 狌狌이들이 드글드글하다. 어떤 것들은 생김새가 사람 얼굴에 닭깃 같은 머리를 하고, 온몸에 노란 털이 났으며, 다리가 세 개인데 가운데 하나는 성기이다. 또 어떤 것들은 고릴라같이 새까맣다. 사람이 다가가면 잘 웃기도 하는데, 워낙 이 짐승들은 떼거리로 몰려 교미하기를 좋아하고, 난폭하다. 이것들은 고을의 젊은 여자들을 잘 잡아먹는다.

다시 북쪽으로 3백 리 가면 君子山이라는 곳인데, 가파르고 험하다. 군자산의 산신의 아들 乘玃은 그 형상이 사람의 얼굴에, 공룡의 몸을 하고 있다. 승농이 乞과 함께 昆侖의 남쪽에서 西熙를 죽이니, 이에 天帝가 군자산의 북쪽 玉溪라는 곳에서 그들을 죽였다. 걸은 큰 구렁이로 변했는데, 검은 비늘 무늬에 흰 머리와 호랑이 발톱을하였다. 그 소리는 가느다란 어린이 울음 소리 같으며, 이것이 나타나면 큰 전쟁이 일어난다. 또 승농도 커다란 멧돼지로 변했는데, 등에 억센 갈기가 달리고, 붉은 발에 흰 대머리를 하고 있다. 그 소리는 마치 꾸짖는 것 같고, 이것이 나타나면 까닭 모를 살생이 자주 일어난다.

다시 북쪽으로 5백 리 가면 崇夷山이다. 寒天水가 여기서 나와 臨津水로 흘러간다. 푸른 새벽에 뭇새가 이곳에 날아와 알을 낳고 죽는다.

南山에서 崇夷山까지는 모두 10개 산으로, 그 거리는 2,500여 리에 달한다. 이곳의 神들은 모두 사람의 머리에 짐승의 몸을 하고 있는데, 오른손에 붉은 뱀, 왼손에 푸른 뱀을 쥐고 있다. 그 제사에는 털빛 좋은 희생물로 한 마리 黃狗의 피를 바치고, 푸른 종이 돈을 제단에 올려 기원드린다. 젯멧살은 쓰지 않는다. 이 신들은 피와 돈을 좋아한다.

仁旺山經

仁旺山의 첫머리는 白岳山이다. 초목이 드물고 돌이 많다. 꼭대기에 큰 바위 세 개가 서 있다. 혹은 대머리산이라고도 한다. 금이 많이 난다. 이곳의 어떤 짐승은 여우같이 생겼는데, 턱이 뾰족하고, 귀가 없고, 꼬리가 40자나 된다. 이름을 狧狼이라 하며, 이것이 나타나면 집안이 망한다.

서쪽으로 한 백 리 가면 魄佛山이라는 곳이다. 이곳의 어떤 짐승은 생김새가 살무사 같은데 날개가 달려 있다. 사람의 말을 알아들어서, 그 싸우는 소리가 나면 정직한 자를 잡아먹는다. 義롭다는 말을 듣는 사람은 코를 베어 먹고, 악하고 못돼먹었다는 말을 듣는 자에게는 짐승을 잡아다 갖다 바친다. 이름을 蛇僕이라 하며 혹은 잡새라고도 한다. 이것이 나타나면 獄이 넘친다.

다시 서쪽으로 3백 리 가면 鞍山이 나온다. 뱀풀이 우거져 있다. 세상의 온갖 도둑들이 이곳에 들어와 사는데,

더러 신선들도 이곳에 내려와 더불어 살고 있다. 도둑과 신선들은 이곳에서 흘러나오는 靈川을 떠 마시고 이 물에 발도 닦고 목욕도 한다. 이 물을 마시면 두려움이 없어지고, 이 물에 몸을 담그고 나오면 온몸에 영롱한 광채가 난다. 靈川은 하늘로 흘러들어가 멀리 西海 구름 밑에 닿아 있다.

다시 서쪽으로 2백 리 가면 舞岳山이다. 刑武가 이곳에서 天帝와 신의 자리를 놓고 싸웠는데 천제가 그의 목을 잘라 무악산 동쪽에 묻었다. 그러자 목이 없는 형무의 젖꼭지에 눈이 나고, 배꼽에 입이 생겨났다. 형무는 도끼와 방패를 들고 하늘로 쳐들어갔다. 무악산에 늘 붉은 구름이 끼어 있다.

다시 서쪽으로 4백 리 가면 老姑山이라는 곳인데 나라에 큰 가뭄이 들면 이곳에서 여자 무당을 태워 죽인다. 기슭에는 늙은, 흰 도마뱀들이 날아다닌다.

다시 서쪽으로 한 백 리 가면 臥牛山이 나온다. 남쪽으로 漢水가 흐르고 서쪽으로는 合井이라는 큰 못이 있다.

이 못에서 여인들이 달밤에 목욕을 하고 나오면 아이를 밴다. 만약 사내 아이를 낳으면 3년 만에 아이가 죽어버렸다. 女人國이 이 못의 인근, 新村에 있는데 두 여자가 한몸에 산다.

다시 서쪽으로 5백 리 가면 日山이라는 곳이다. 해와 달리기 시합을 하여 이기면 新帝가 되기로 한 大周가 이곳에서 해와 경주를 했는데, 일산에서는 아침에 해가 세 개나 떴다. 해질 무렵 목이 말라 한수를 마시러 갔다가 거기에 도착하기 전에 목말라 죽었다. 그가 꽂고 쓰러진 지팡이가 변하여 눈부신 桃林이 되었다.

다시 서쪽으로 3백 리 가면 松秋山이다. 소나무, 잣나무가 많다. 여기서는 송충이가 황소만하다. 또 여기서는 지렁이를 뱀이라 하고 뱀을 용이라 한다. 밤에는 쥐가 검은 우산 같은 날개를 쓰고 날아다녔다. 세상에서는 이 쥐를 蜚語라고도 부른다.

다시 서쪽으로 7백 리 가면 汶山이라는 곳인데, 북쪽으로 臨津水가 흐르고, 이 물은 서해로 들어간다. 이곳에는 이름을 氣蛇라 하는 큰 뱀이 있는데, 꼬리인 신촌에서 머리인 문산까지 무려 1,500리나 되는 긴 몸을 갖고 있다. 움직일 때 귀에서 푸른 안개가 나며, 숨을 내쉬면 거센 西風이 분다. 또 이곳에는 흰 狂狂이, 검은 狂狂이들이 코끼리만한 두꺼비를 타고 다니는데, 이 두꺼비가 침을 쏘면 사람이 죽고 나무가 시들었다. 성성이들이 임진수를 지키고, 기사는 임진수를 건너지 못한다.

다시 서쪽으로 4백 리 가면 백령산이 있다. 백령산이 바다 한가운데 떠 있고, 뻘밭에서 게 한 마리가 西海를 바라본다.

다시 서쪽으로 5백 리 가면 張吉山이라는 곳이 나온다. 서쪽으로 서해에 임해 있고 북쪽으로 끝간데 없는 雪原이다. 침엽수가 울창하다. 이곳의 어떤 새는 몸 빛깔이 상복을 입은 듯 희고, 부리와 발이 붉기가 불꽃 같다. 이름을 雪義라 한다. 한 어머니가 있었는데, 어린 아들이 臨津水를 건너다 물에 빠져 돌아오지 못했다. 45년을 기다리다 어머니도 죽고, 그녀가 설희가 되어, 예나 지금이나 張吉山의 나무와 돌을 물어다가 임진수를 메우는 것이다.

인왕산에서 장길산까지는 모두 11개 산으로 거리가 3,500여 리에 달한다. 이곳의 神들은 모두 사람의 얼굴에 짐승의 몸을 하고 있다. 그러나 신들의 싸움이 그칠 날이 없어 제사 따위는 올릴 수도 없다.

無等山經

동쪽에서 무등산으로 들어가는 첫머리는 꼬두메이다. 본디로는 꽃두메이며 혹은 잣고개라고도 한다. 봄날 산허리에 진달래 참꽃이 만발하여 첫 햇살이 비추며, 마치 온 산에 붉은 비단 치마를 펼쳐놓은 듯하다. 이 참꽃을 술 담가 먹으면 매맞아 얼든 데를 낫게 할 수 있다. 꼬두메를 넘으면 사람 없는 딴 세상이다.

십여 리 들어가면 밤실이라는 곳인데, 맑은 계곡물에 어디선가 복사꽃잎 떠내려오고, 복사꽃 陰影에 꿀벌이 잉잉댄다. 또 온 골마다 밤꽃 향내 가득하다. 이곳의 어떤 풀은 생김새가 水蓮 같은데 푸른 꽃이 핀다. 이것을 먹으면 좀체 배가 고프지 않다. 이름을 芙芝라 한다.

다시 2십 리 들어가면 삿갓골이 나온다. 이곳의 어떤 나무는 생김새가 등나무 같은데 바람 불면 보랏빛 꽃망울에서 쟁쟁한 은방울 소리가 멀리까지 들린다. 이름을 鈴木이라 하며, 이 꽃을 찧어 바르면 칼로 찔리거나 베인 살이 흔적도 없이 아문다.

다시 시오리 들어가면 靑鶴峰이 있는데, 그 둘레에 솔숲이 사방 십리에 달하며, 靑松 위 한 떼의 흰 새들이 졸고 있다. 이 숲에는 기이한 풀과 열매가 많다. 靈草라고 하는 풀은 그 잎이 서로 겹쳐 나고, 꽃은 노랗고, 열매는 까만 염소똥 같은데, 이것을 먹으면 몸에 砲丸을 맞아도 안 다치며, 멀리 걸어도 발이 부르트지 않는다. 또 어떤 풀은 줄기가 길고 잎이 둥글게 세 겹으로 나 있으며, 붉은 꽃이 핀다. 이름을 焉酸이라 하며, 이것으로 毒을 없앨 수 있다.

다시 5십 리 들어가면 洗人 폭포가 있다. 이 물을 맞으면 신경통이 낫는다. 폭포 아래 큰 못이 있는데, 여기에 매달 보름이면 선녀들이 내려와 滿月을 깨끗이 닦아, 하늘로 밤새 굴리고 올라간다.

다시 3백 리 들어가면 가파르고 험한 石徑이 나온다. 닥나무, 개암나무, 도토리나무가 우거지고, 기암 절벽에 이상한 풀과 열매가 많다. 어떤 풀은 잎이 삽처럼 생겼는데, 꽃이 희고, 열매가 검은 머루같이 생겼다. 이름을 蓋草라 하며, 이것을 먹으면 가위눌리지 않는다. 또 어떤 풀은 잎이 다섯 갈래이고, 노란 꽃에, 붉은 열매를 맺는다. 祝餘라고 하는 이 열매를 먹으면 큰 슬픔이나 원한을 삭일 수 있다. 또 잎이 엉겅퀴 같고, 푸른 꽃에 털이 난 흰 열매를 맺는, 藺草라 하는 풀은 미침병을 낫게 한다. 또 山미나리는 먹을 때 지독한 구린내가 나, 세상 시름을 잊게 해준다. 어리석음증을 잡아주고, 어지럼증을 가시게 해주고, 미움증을 없애주는 이러이러한 풀과 열매와 뿌리들은 깎아지른 절벽의 바위 틈에, 가시덤불 속에 있다. 무릇 藥은 아프나니, 이 藥山 위에는 새로 이름을 기다리는 수많은 풀꽃들이 자란다.

다시 5백 리를 들어가면 上峰이 나온다. 멀리 만리 밖 長城에서 바라보아 흡사 어느 슬픈 巨人이 있어 등을 돌려 눈물 흘릴 제 그 막막한 어깨처럼 드넓고 평평한 등성이가 바로 이 상봉이다. 無等이라는 이름은 이에 따름이다. 무등은 끝이 안 보이는 갈대밭으로 덮여 있는데, 목화솜 같은 갈꽃이 수시로 바람에 날려 새털구름이 된다. 세상은 아득하고, 갈대 구름 위로 난새가 높이높이 난다.

다시 4백 리를 들어가면 瑞石이 있다. 이곳에는 아침 풀잎의 甘露를 마시며, 살결이 白雪마냥 희고 그 부드러움이 어린 계집 아이 같은 신선들이 어슬렁어슬렁 소요한다. 수풀에는 수줍은 天桃가 남모르게 홀로 붉어가고, 새끼 밴, 잠자는 암사슴 곁을 호랑이가 바스락거리는 발소리를 죽여 지나간다. 한 신선이 있어, 하루는 歲月의 날아가는 화살과 내기를 하였다. 신선이 이 서석 앞에 당도하니 이틀 뒤에 그 화살이 날아와 서석 바위에 박혔다.

다시 백 리를 들어가면 春雪軒이라는 곳인데, 신선들이 歌舞를 즐기는 곳이다. 봄눈에 찍힌 새 발자국 같은 찻잎, 따다 마시면 비로소 無音이 들린다. 끓는 물주전자 있으니 푸른 솔밭이 아주 멀고, 芭蕉 부채 아래 숯불처럼 마음 더욱 붉다.

다시 백 리를 들어가면 立石帶에 닿게 된다. 이곳이 上上峰으로 올라가는 들머리이며, 거기에는 신선들이 하늘로 오르내려 다니던 계단의 첫 壇이 있는데, 그러나 이름을 來耳多라고 하는, 커다란 잠자리 모양의 검은 곤충이 지키고 있어, 아무도 접근할 수가 없게 되었다. 北冥에서 쫓겨온 마왕 米狗가 상상봉을 차지한 까닭이다. 입석 아래로는 사시사철 나뭇가지에 시려운 눈꽃이 피어 있다.

立石을 동쪽으로 돌아 和順으로 5백 리 가면, 雲舟寺에 다다른다. 수천 년 이래 謫仙들이 이곳에 모여 다시 세상으로 나갈 채비들을 하고 있다. 길 가는 이들은 뒤돌아보지 않는다. 돌아보면 모든 자취는 지워져 있고 追憶은 迷路이느니, 다시 세상으로 나아가는 雲舟 뱃전에 風雲이 물결 되어 출렁일 따름이다.

그러므로, 길 가는 이들이여
그대 비록 惡을 이기지 못하였으나
藥과 마음을 얻었으면,
아픈 세상으로 가서 아프자.

백두산 가는 길

해발 2천 미터,
붕 떠 있는
자작나무 대산림 지대
눈 그친 뒤
60년대산 除雪車 한 대
산으로 가고 있다
하늘로 올라가는 전갈처럼

만인의 발바닥에 닿아 있는 길,
모든 길은 主體로부터 나온다

그 길 끝
風景이 있거나 祠堂이 있으리

너무 그리워
이 사진은 靈前 같다

게 눈 속의 연꽃

1

처음 본 모르는 풀꽃이여, 이름을 받고 싶겠구나
내 마음 어디에 자리하고 싶은가
이름 부르며 마음과 교미하는 기간,
나는 또 하품을 한다

모르는 풀꽃이여, 내 마음은 너무 빨리
식은 돌이 된다, 그대 이름에 내가 걸려 자빠지고
흔들리는 풀꽃은 냉동된 돌 속에서도 흔들린다
나는 정신병에 걸릴 수도 있는 짐승이다

흔들리는 풀꽃이여, 유명해졌구나
그대가 사람을 만났구나
돌 속에 추억에 의해 부는 바람,
흔들리는 풀꽃이 마음을 흔든다

내가 그대를 불렀기 때문에 그대가 있다
불을 기억하고 있는 까마득한 석기 시대,
돌을 깨뜨려 불을 꺼내듯
내 마음 깨뜨려 이름을 꺼내가라

2

게 눈 속에 연꽃은 없었다
普光의 거품인 양
눈곱 낀 눈으로
게가 뻐끔뻐끔 담배 연기를 피워올렸다
눈 속에 들어갈 수 없는 연꽃을
게는, 그러나, 볼 수 있었다

3

투구를 쓴 게가
바다로 가네

포크레인 같은 발로
걸어온 뺄밭

들고 나고 들고 나고
죽고 낳고 죽고 낳고

바다 한가운데에는

바다가 없네

사다리를 타는 게,
게座에 앉네

손을 씻는다

하루를 나갔다 오면
하루를 저질렀다는 생각이 든다
내심으로는 내키지 않는 그 자와도
흔쾌하게 악수를 했다
이 손으로
만져서는 안 될 것들을
스스럼없이 만졌다
義手를 외투 속에 꽂고
사람들이 종종걸음으로 사라지는
코리아나 호텔 앞
나는 共同正犯이라는 생각을 떨쳐버릴 수가 없었다
비누로 손을 씻는다
비누가 나를 씻는 것인지
내가 비누를 씻는 것인지
미끌미끌하다

끔찍하게 먼 길

외곽을 빠져나온 흰 영구차가 이윽고
붉은 흙길로 들어서고

사람 묻으러 가는 산

멀리, 민가의 미루나무 가지에 賁든
고약 같은 까치 둥지

덕지덕지 달라붙는 흙발을 떼며
잠깐 사이
人間世 뒤돌아보네

그 구덩에 하관할 제
그대 일생을 쓰레기 하치한 느낌

이제 가차워진 자기의 외곽을 보면서
다시 서울로 들어가는 톨게이트 앞,
트럭에 실려 屠畜場으로 가는 돼지들이
하염없이, 즐겁게 꼬리 흔드네

서울이여, 안녕

이젠 그만 따라와
들어가봐
너를 돌아다보면
이 자리에서 소금 기둥이 될까봐
차마 너를 돌아보지 못하고
이젠 그만 따라와
어서 너의 冥府로 들어가라
고 말할 뿐
너를 찢어버리고 싶었던 만큼
나는 너를 닮아 있었고
그래, 나도 너의 親姻戚非理였어
이제 그만 따라와
몸이 부족한 자가 다른 쪽이 세듯
개미가 비 오는 날을 미리 알 듯
이제 너의 몸을 묻었으니
몸 없는 네가 마음을 더 잘 알 거야
이젠 그만 따라와
어서 그곳으로 들어가

눈보라

원효사 처마끝 양철 물고기를 건드는 눈송이 몇 점,
돌아보니 동편 규봉암으로 자욱하게 몰려가는 눈보라

눈보라는 한 사람을 단 한 사람으로만 있게 하고
눈발을 인 히말라야소나무숲을 상봉으로 데려가버린다

눈보라여, 오류 없이 깨달음 없듯, 지나온 길을
뒤돌아보는 사람은 지금 후회하고 있는 사람이다

무등산 전경을 뿌옇게 좀먹는 저녁 눈보라여,
나는 벌받으러 이 산에 들어왔다

이 세상을 빠져나가는 눈보라, 눈보라
더 추운 데, 아주아주 추운 데를 나에게 남기고

이제는 괴로워하는 것도 저속하여
내 몸통을 뚫고 가는 바람 소리가 짐승 같구나

슬픔은 왜 독인가
희망은 어찌하여 광기인가

빰 때리는 눈보라 속에서 흩어진 백만 대열을 그리는
나는 죄짓지 않으면 알 수 없는가

가면 뒤에 있는 길은 길이 아니라는 것을
우리 앞에 꼭 한 길이 있었고, 벼랑으로 가는 길도 있
음을

마침내 모든 길을 끊는 눈보라, 저녁 눈보라,
다시 처음부터 걸어오라, 말한다

눈 맞는 대밭에서

단식 7일째
도량 뒤편 눈 맞는 대밭에
어이없이 한동안 서 있다
창자 같은 갱도를 뚫고
난 지금 막장을 막 관통한 것이다
눈 맞는 대밭은 딴 세상이 이 세상 같다
눈덩이를 이기지 못한 댓가지 우에
다시 눈이 사각사각 쌓이고 있다
여기가 이 세상의 끝일까
몸을 느끼지 못하겠다
내 죽음에 아무런 판돈을 걸어놓지 않은 이런 순간에
어서 그것이 왔으면 좋겠다
미안하지만, 후련한 죽음이

물고기 그림자

맑은 물 아래
물고기는 간데없고
물고기 그림자들만 모래 바닥에 가라앉아 있네
잡아묵세, 잡아묵세,
마음이 잠깐 움직이는 사이에
물고기 그림자도 간데없네
눈 들어 대밭 속을 보니
초록 햇살을 걸러 받는 저 깊은 곳,
뭐랄까, 말하자면 어떤
神性 같은 것이 거주한다 할까
바람은 댓잎새 몇 떨어뜨려
맑은 모래 바닥 위
물고기 그림자들 다시 겹쳐놓고,
고기야, 너도 나타나거라
안 잡아묵을 텡께, 고기야
너 쪼까 보자
맑은 물가 풀잎들이 心亂하게 흔들리고
풀잎들 위 풀잎들 그림자, 흔들리네

靈　山

　　마을 가까이 오면
　　산은 의인화된다
　　마을 사람들은 앞산을 의상대라 부르고 있었다
　　의상대는 겸재식 부벽준의 도끼로 깎여 있다

　　천여 년 전 의상은 저 앞산에서 천공을 받아먹고 있었다. 그는 이 사실로써 그의 라이방 원효에게 재고 싶어졌다. 여수 돌산 영구암에서 놀고 있던 원효가 어느 날 저녁 의상에게 들렀다. 이튿날 한식경이 되어도 의상은 원효에게 공양을 갖다줄 생각을 아니하는 거디었다.
　　"의상 이놈아, 형님한테 밥 안 주냐?"
　　"형은 왜 이리 촐싹거려? 좀 기다려봐. 곧 소식이 올 거야."
　　그러나 그놈의 소식은 오질 않았다. 배고프다고 투덜거리며 원효는 그 길로 내려가버렸다.
　　원효가 간 뒤 의상은 천공을 받았다. 그는 또 한번 뼈 아픈 질투심의 도끼에 찍혔다. 의상은 그 산을 버렸다.

　　산을 오르는 동안 사람들은 자신의 몸무게에 의해 실존주의자가 되었다가 산꼭대기에 이르면 유물론자가 된다.

서울을 빠져나올 때, 아내에게 "아무도 책임지려 하질 않아. 이건 내가 나에게 내린 유배야"라고 말했던 것도 우스꽝스럽고 부끄럽더군.

　불행은 마력을 갖는다.

　천년 전 의상이 버린 산을 오늘 내가 오른다.

雪 景

날 새고 눈 그쳐 있다
뒤에 두고 온 세상,
온갖 괴로움 마치고
한 장의 수의에 덮여 있다
때로 죽음이 정화라는 걸
늙음도 하나의 가치라는 걸
일러주는 눈밭
살아서 나는 긴 그림자를
그 우에 짐 부린다

겨울산

너도 견디고 있구나

어차피 우리도 이 세상에 세들어 살고 있으므로
고통은 말하자면 월세 같은 것인데
사실은 이 세상에 기회주의자들이 더 많이 괴로워하지
사색이 많으니까

빨리 집으로 가야겠다

筍

짤린 무에서 올라온 푸른 筍
한줌 재가 어찌
살아 있는 바이러스만 할까
이 삶을 어떻게 나을까
그대와 함께 나란히 누우면
순장에 끌려 들어온 소와 말들이 킁킁,
영문 모를 삶을 냄새 맡았었다
부엌과 변소를 왔다갔다 한 1밀리미터,
그 기나긴 길이 안에서
우리가 알몸을 비벼

짤린 무에서 올라온 푸른 筍

늙어가는 아내에게

내가 말했잖아
정말, 정말, 사랑하는, 사랑하는, 사람들,
사랑하는 사람들은,
너, 나 사랑해?
묻질 않아
그냥, 그래,
그냥 살어
그냥 서로를 사는 게야
말하지 않고, 확인하려 하지 않고,
그냥 그대 눈에 낀 눈곱을 훔치거나
그대 옷깃의 솔밥이 뜯어주고 싶게 유난히 커 보이는
게야
생각나?

지금으로부터 14년 전, 늦가을,
낡은 목조 적산 가옥이 많던 동네의 어둑어둑한 기슭,
높은 축대가 있었고, 흐린 가로등이 있었고
그 너머 잎 내리는 잡목숲이 있었고
그대의 집, 대문 앞에선
이 세상에서 가장 쓸쓸한 바람이 불었고

머리카락보다 더 가벼운 젊음을 만나고 들어가는 그
대는
내 어깨 위의 비듬을 털어주었지
그런 거야, 서로를 오래오래 그냥, 보게 하는 거
그리고 내가 많이 아프던 날
그대가 와서, 참으로 하기 힘든, 그러나 속에서는
몇 날 밤을 잠 못 자고 단련시켰던 뜨거운 말:
저도 형과 같이 그 병에 걸리고 싶어요

그대의 그 말은 에탐부톨과 스트렙토마이신을 한알 한
알
들어내고 적갈색의 빈 병을 환하게 했었지
아, 그곳은 비어 있는 만큼 그대 마음이었지
너무나 벅차 그 말을 사용할 수조차 없게 하는 그 사
랑은
아픔을 낫게 하기보다는, 정신없이,
아픔을 함께 앓고 싶어하는 것임을
한밤, 약병을 쥐고 울어버린 나는 알았지
그래서, 그래서, 내가 살아나야 할 이유가 된 그대는
차츰

내가 살아갈 미래와 교대되었고

이제는 세월이라고 불러도 될 기간을 우리는 함께 통
과했다
살았다는 말이 온갖 경력의 주름을 늘리는 일이듯
세월은 넥타이를 여며주는 그대 손끝에 역력하다
이제 내가 할 일은 아침 머리맡에 떨어진 그대 머리카
락을
침 묻힌 손으로 집어내는 일이 아니라
그대와 더불어, 최선을 다해 늙는 일이리라
우리가 그렇게 잘 늙은 다음
힘없는 소리로, 임자, 우리 괜찮았지?
라고 말할 수 있을 때, 그때나 가서
그대를 사랑한다는 말은 그때나 가서
할 수 있는 말일 거야

강

수도꼭지 끝의 내 목마름은
나뭇잎 끝의 멍한 물방울에 닿아 있다

水草들 털에 걸린 양떼구름을
집단으로 습격하는 물고기떼

살아 있는 것들의 더러움을
자기 몸으로 걸르고 걸러

내 목마름을 통과하는 강은
쓰라린 遠距離를 흘러간다

12월

12월의 저녁 거리는
돌아가는 사람들을
더 빨리 집으로 돌아가게 하고
무릇 가계부는 家産 탕진이다
아내여, 12월이 오면
삶은 지하도에 엎드리고
내민 손처럼
불결하고, 가슴 아프고
신경질나게 한다
희망은 유혹일 뿐
쇼윈도 앞 12월의 나무는
빚더미같이, 비듬같이
바겐 세일품 위에 나뭇잎을 털고
청소부는 가로수 밑의 生을 하염없이 쓸고 있다
12월 거리는 사람들을
빨리 집으로 들여보내고
힘센 차가 고장난 차의 멱살을 잡고
어디론가 끌고 간다

歲 拜

뱀은 갈之字로
풀밭을 기어간다
음흠, 갈之字라……
時間性으로 퉁퉁 부어오른 몸

풀밭인 줄 알고
어떻게 풀밭을 찾아온 나비
제 스스로
영락없는 蘭꽃잎일세……
이크, 착각은 파닥파닥 놀랍게 하고
뱀 혀끝에 팔랑거리는 노랑나비
(생각해봐
빛의 色이 보여?
잡으려고 해봐……, 놓치지
세상은 그대가 본 것, 그것만은 아녀
아, 그대 눈에 잠이 없다고 꿈이 없으리?)

시간은 기어가고
세월은 날아가고

봄 밤

광주천 따라
고향의 봄밤을 걸으면
공기 속에 무슨 스펀지 같은 것이 들어 있다
푸욱 파묻히는
파묻히고 싶은
육신이, 물컹물컹한 육신이
눌려진다

천변 수양버들 아래
간지럼을 멕이는
이 아리아리한 봄밤
아, 뭐라고 말해야지
肉欲的인 봄밤

수은燈 아래
사직공원 사쿠라꽃잎 다 지고
이 스펀지 같은 봄밤

사람들은 세상에 와서
한낱 착각 같은
아름다움을 보고 갈 뿐인가

들녘에서

바람 속에
사람들이……
아이구 이 냄새,
사람들이 살았네

가까이 가보면
마을 앞 흙벽에 붙은
작은
붉은 우체통

마을과 마을 사이
들녘을 바라보면
온갖 목숨이 아깝고
안타깝도록 아름답고

야 이년아, 그런다고
소식 한 장 없냐

극락강

사람들이 시간을 하두하두 흘려서
바닥난 강
모래 밑,
한때 느릿느릿한 남풍과
드높은 새털구름이 얹혀 있던 수면을
기억할 수 없는 길,
그래도 강은 있네
시간이 있으므로

광주에서 서울까지 고속버스로
건네는 데 0.3초도 안 걸리는
극락강
며칠 후, 며칠 후 우리가 건널
극채색의 흰 강
멀리 미루나무 근처
소풍 나온 또 다른 세대의 어린이들 보이고

그러나 그 아이들을 내가 보았는지
기억에 없네
내가 그 강을 건넜는지도
기억이 안 나네

後山經 네 편

봄 밤

소쩍새가 밤새 제 이름을 부르며 운다
피로써 제 이름을 한 천만 번 쓰고 나면
일생이 두렵지 않을까
누가 나를 알아볼까 두근거리는 것도
내 여직 거기에 붙들려 있음이니
어두운 봄밤 돌담길로 다가오는 인기척을
내가 못내 피하면서도 사람이
내게 오기를, 어서 내게 오기를
조마조마하지 않았던가
내 발자국 소리 들은 멧새가
건드려놓은 잔가지들처럼
내 마음 뭔가 기척에 미리 놀라 이리 흔들거리니
문앞의 不在가 나의 부름을 기다리게 했었구나
골목 끝, 활짝 형광등을 켠 살구꽃나무 한 그루
아직 세상에 있으니 다행이다
목숨 있을 때 살아야지
밤새 소쩍새 마을로 내려와
제 이름 대며 딸꾹질한다

여름 낮

　모내기　전까지　참았다가　벼모가지　내밀　때까지　세　번　피었다가

　지는　百日紅

　하늘로　저승을　밀고　가는　꽃상여　따라가듯

　가까이　다가오는　사람　얼굴을

　뿔옇게　化粧해준다

　畵家　金京柱가　취한　듯,

　여럽게,

　웃고

　소리　꽥　질러

　어화　벗님네야아

　여그서　살다　가소오

　醉木이　藏溪亭　개울물로

　어찔어찔　허니　내려온다

가을 저녁

　저　아래　방죽둑　어욱새　솜털에

　알　낳는　저녁　해

　마당에　허리　꾸부린　할머니

나락을 거둔다
슬레이트 지붕 위 홍시들이
똥누러 갈 때 켜놓은
點燈 같다
다 살아도 남는 건
열매 속의 붉은 불인 듯
할머니 손바닥은 바삭바삭하고 따뜻하다

겨울 아침

아침부터 골짜기에는 눈발 퍼붓고
이제는 세상과 끊겼다는 절박한 안도감
눈발이 간간이 처마끝 風磬을 때리고
양철 물고기가
눈을 피해
땡그랑, 땡그랑
방안으로 들어온다
깃들일 데라곤 몸뿐이니
추운 소리여
잠시 나한테 머물다 가소
情이 많아 세상을 뚫고 나가지 못하니

내가 세상에서 할 일은
세상을 죽어라 그리워하는 것이려니
혹시 사람이 오나
빗자루 들고 길 밖으로 나간다

金谷 靈山

눈 덮인 금곡 영산 암벽에
斜線으로 들어가는 저녁노을이
잔뜩 인상 쓴 磨崖佛을
음각한다
다음날 이른 아침
불상을 치우러
영산 꼭대길 올라갔더니
아연, 하늘 아래 평지가 나오고
잔설에 푸른 나무 그림자를 드리운 길이
천상으로 뻗쳐 있다
그 길 따라 한 오 리 들어가니
아연, 한 십여 가호 되는 마을이 나타나고
개들이 요란하게 나를 향해 짖어댔으나
아무도 나와보질 않았다
돌아나오며 부딪친
검은 선글라스를 낀 한 남자가
황급히 맹감나무 덤불로 들어가버린다
癩患者들이 가장 하늘 가까이 살고 있었다

쉬어가는 곳

내가 여름 나무 아래 당도하니
息影亭 온 채가
저 아래 물 속으로 들어가버린다
노인들이 큰 나무 樹齡 아래에서
배꼽을 내놓고
손으로 부채질한다
멀리 무등산 동쪽 산록이
군용 담요를 뒤집어씌워놓은 듯
한낮 햇살 받아 더욱더 綠綠하다
모든 길은 노인만이 안다
金谷으로 들어가는 버스 이정표
코카콜라 간판 아래
이따만한 웬 누렁개 한 마리가
섬뜩하게 홀로 앉아 있다
너 이노오옴!
헛것이 수작을 부리다니!
돌멩이가 한여름의 으스스한 靜物을
께겡껭, 깨뜨려놓는다
녹은 아스팔트에 발자국 남기며
헛것이 쩔뚝쩔뚝 사라진다

옛 집

山水洞 옛집엘 가보았더니 철로도 없어지고 옛 그 집에 약국이 들어서 있었다. 거기에 웬 원숭이가 있어 철창 사이로 손을 넣어 한참을 같이 놀았다. 갓난아이같이 볼그레한 원숭이 손바닥에도 손금이 제 운명을 그려놓았다는 게 신통하다 하지 않을 수 없었다.

산으로 돌아와, 그날 밤부터 온몸이 가렵기 시작했다. 겨드랑이며 배때기며 낯짝이며 득득 긁어대고 있자니, 도반이 다가와, 웬 잔나비가 들어앉았냐며 문을 밖에서 잠가버린다. 내 귀를 뚫고 1940년대산 기차가 침을 퇴퇴, 뱉으며 지나갔다.

뜰 앞의 잣나무

텔레비전 가게 앞을 지나가다 얼핏,
그 집 안집으로 난 문이 거울인 줄 알고
얼른 내 얼굴을 비췄더니
거울이 아니라 문이었어
보려고 했으니까 보였지 않겠어, 쯔쯧
쯔쯔쯔쯧
쓰러져 있는 노동자를 발로 지근지근 밟고
터진 머리를 또 때리러 가는 쇠파이프들이
16인치, 20인치 화면에 줌 인, 중인
거울인 줄 알았더니 문이었어
그리 가면 들어가버리는 문
뜰에는 한 그루 잣나무
잡으면 평면인 나무
그렇지만 활처럼 크게 기지개를 켜면서
자라나는 잣나무 가지

한 소식

충장로 입구에
거지가 스티로폴을 깔고
엎드려 있다
海南에 벌써
배가 닿았을까
그러나 용서할 준비가 되어 있는데도
빌러 오지를 않는다
레코드 가게에서는
멕시코 여가수의 한참 流行中인
DONDE VOY*가 흘러나오고
거지가 엎드린 스티로폴이
뗏목처럼 둥둥 떠서
광주우체국 쪽으로 흘러간다
事故가 난 것이다
이도 저도 못 하고
피할 수 없을 때
배가 도착한다
DONDE VOY
DONDE VOY
事故가 난 것이다

* 着語 : 'Donde Voy' 는 '나 어디로 갈까' 라는 뜻임.

또 다른 소식

삶이란, 끊임없이 부스럭거리는
事故
그러니, 저지르지 않으면
당하게 되어 있지
그러니, 저지르든가
당하든가
서울에 도착하여 고속터미널을 빠져나올 때
택시 주차장으로 가면
국민학교 교사처럼
말쑥하게 양복을 차려입은 중년 신사가 핸드 마이크로,
종말이 가까웠으니 우리 주 예수를 믿고 구원받으라고
외쳐대지 않던가
사람들은 거지를 피해가듯
구원을 피해가고
그는 아마도 안수받고 암을 나은 사람인지도 모른다
그렇지만 혼자서 절박해져가지고
저렇게 나와서 왈왈대면
저렇게,
거지가 되지

주인공의 심장에 박힌 총알은 순간,
퍼어런 별이 되고

호모인 몰리나가 애인 발렌틴의 혁명 조직원에게 다가
가자마자

그를 미행했던 브라질 國家安全企劃部 요원들이 덮치고

도망치던 브라질 運動圈 택시가 다시 몰리나에게 다가
와 총을 쏘고 달아나버린다

목에 빨간 스카프를 한 몰리나, 그의 푸른 와이셔츠 포
켓에 구멍이 뚫려 있다

가련한 나의 몰리나, 왼손으로 심장을 만지면서

한바탕 총격전으로 한적해진 광장을 천천히, 걸어간다

그의 얼굴에 고통은 없었다

다만, 심장을 찌르는, 쩌릿쩌릿한 회한 같은 것을 지그
시 참고 있는

흐릿한 우울이 떠 있다

나는 내 벌떡거리는 염통을 만지면서

이 속에 갑자기 뚫고 들어온

너무나 차가워서 순간 뜨거운 金剛돌을 느끼고 있다

이게 만약 나의 죽음이라면

죽음은 참으로 어처구니없는 것이구나

아아, 이렇게 내가 죽다니

알고는 있었으나 믿어지지 않는 사실!

이 돌이킬 수 없는 깨달음!

삶이란 게, 좆또 아무것도 아니었네

서울역 뒤 염천교 부근처럼 돌포장으로 되어 있는 광장을 몇 발자국 더 걸어가는 내가

죽어가면서 느낀 삶이란

그저 어지럽다는 것,

나는 길바닥에 푹 꼬꾸라진다

그뒤로는 기억할 수도 전달할 수도 없는, 완전한 全體

뒤늦게 안기부 요원들이 꼬꾸라진 몰리나에게 달려와 총을 턱에 대고 외쳐댄다

그 전화번호를 대, 그러면 널 병원으로 데려가주겠어, 번호만 대, 넌 살 수 있어, 대란 말야

몰리나, 흐린 눈으로 그들을 한번 쳐다보고는 눈을 감아버린다

안기부 요원들, 이 더러운 호모 새끼, 이 쓰레기 같은 인간! 침을 뱉고 몰리나를 길가 쓰레기장에 던져버리고 간다

몰리나는 오직 아름다워지고 싶기 때문에 살 수 있었다

난 잘못 태어났단 말야, 알잖아, 넌 내가 지금 무얼 원하는가, 그래, 내 다리를 더 위로 올려줘

쓰레기 같은 삶
쓰레기통에 버려진 美
주인공의 심장에 박힌 총알은 순간, 퍼어런 별이 되고

선택할 수 없는 것

영화는 삶을 예행 연습시킨다
그러나 선택할 수 없는 것이 있다
어떤 자는 단순히 주인공이 아니었기 때문에
덧없는 전쟁에 끌려나와
진흙더미와 함께 몸이 떠올랐다가 사라져버리기도
하고
어떤 여자는 주인공이기 때문에
수술대 위에 싸늘하게 식어서 수술실 문을 열고 밀려
나온다
몸부림치면서 사형장으로 끌려가든가
자동차를 몰고 계곡으로 보기좋게 나가떨어지든가
불 속에서 찬송가를 부르고 죽든가
연탄 가스의 잠을 자든가
정신병동에 갇혀 죽을 때까지 죽지도 못하고 멍하게
낡아가든가
자기 죽음의 형식
혹은 死因
그것은 선택할 수 없는 것이다
자살까지도……
그들이 禪방석 위에 앉아 있는 것은

앉아서 그것을 맞아들일 수 있는
體位를 익히기 위해서이다

괜히 수고들 하시는군
海南에서 배가 진즉 떠났다고 말해줘

生

구름을 뜯어먹는
구름염소,
느릿느릿
淸溪山으로 들어가네

가문비 나뭇잎 소란스러워지니
몸이 곧 彩色을 감추려나
아주 옛날에 얻어맞은 자리가
또한 욱신욱신하네

괴로웠던 일을
기억하는 것만으로도 다시 괴로워지는 몸이건만
글쎄, 잠시 물이 담긴
形體일 뿐인 肉體
구름염소가
淸溪寺 極樂殿 뒤편으로 걸어간 뒤
비 그친 山門 앞
초록이끼 위에
염소똥 몇 점 黑點을 찍어놓았으나

허지만, 슬플 것도 없네
피할 수 없는 것에 대해서는
着想을 바꾸면 되는 것
저 蒼天에 언제
염소가 살았던가

경　고

　詩는 슬렁슬렁 쉽게 쓰는 편인데, 밥 벌어먹기 위해서
쓰는 잡문을 쓸 때는 줄곧 줄담배다. 이건 生活이 아니라
숫제 자학이다. 원고지 파지 위에 놓은 88담배:

> 경고: 흡연은 폐암 등을 일으킬 수 있으며 특히 임
> 　　　신부와 청소년의 건강에 해롭습니다.

나는 담뱃갑을 반대편으로 뒤집어놓는다.

DELUXE MILD
LOW TAR & NICOTINE TRIPLE FILTER

　글을 쓰다보면 글자들이 뻑뻑, 담배를 빨고 있다. 思考
가 호흡을 하나? 넨장, 두어 모금 빨다 장초 끝을 수북한
재떨이에 비벼 끈다.
　그 경고는 생각만 해도 끔찍하다.
　뒤편으로 제껴놓았다고 해서
　폐암이 딜럭스型으로 마일드해지지는 않을 것이다
　그러나 어느새 지진 데를 또 지지고 있는 것,
　이게 내 生活이다.

쇠젓가락으로 화로의 숯불을 집어들고

이건 불이야, 하면서

숯을 깨물어 먹고 있는 것이다.

나는 경고가 보이는 쪽으로 담뱃갑을 다시 뒤집어놓
는다

경고를 빤히 보면서 또 한 개비를 빼어문다

어떤 사람이 趙州 스님에게 와서 "사방의 산이 마구 달
겨들 때는 어떻게 하지요?" 하고 물었다고 한다.

"나간 발자국이 없네" 하고 스님은 답했다고 한다.

나는 肺로 쓴다.

떠나지 말고 머물지 말자.

THE ROPE OF HOPE

極樂 싣고

정박중인 배

無爲寺 極樂殿 처마에

이크, 물고기 한 마리 낚였다

배가 출렁거렸고

쨍그랑

쨍그랑,

구리물고기, 배때기를 팽팽하게 부풀린 虛風:

THE ROPE OF HOPE라고나 할까

닻줄에 의해 끌어올려지는

수렁 속의 전갈文字

우리 마누라는 내가 글을 쓰지 못하고 끙끙거리고 있

으면

지가 시름시름 앓는다

無爲도 아프다는 거다

'희망의 끈'에 걸린 주둥일 괜히

잡아채면서 구리물고기,

여기가 極樂이오

여그가 긍낙이여

요동친다

聖요한 병원

결국, 사람이란 自己 알아달라는 건데
그렇지 못하니까 미쳐버린 거다
권력도
부부 싸움도 그렇다
自己 알아달라는 痴情이다
景福宮도
올림픽도 그렇다
전화박스 뒤에서 소년이 어른을 칼로 찔러 죽인 것도
김영삼도 마찬가지다
아내가 자기가 죽기만을 기다리고 있다고 믿고 있는
처남은 신발장 장화 속에 술병을 감춰두고
술을 너무 마셨던 것이다
요즈음은 抗우울증 알약을 먹고
병원 뒤뜰에서 잉꼬, 문조 따위를 키우고 있다
여자만 보면 자기의 자지를 꺼내보인다는 목수 김씨
이야기를 하면서도
그는 웃지 않고
나는 웃었다
병원을 나올 때에야
門 앞에 흰 석고 聖者가 서 있었다

아이들은 먼 것을 보기를 좋아한다

그렇게 텔레비전을 못 보게 해도
그래서 스위치 꼭지를 빼어 감춰버렸는데도
아이들은 어느새
앉아서
TV를 禪하고 있다
TELEVISION

광주교도소

희망이 없는 곳에
'희망'이 있다 했지
그 '희망'을 면회하러 온 가족들이
교도소 입구
'담요 이불 한복'이라고 쓰인 집들 앞에
서성이고 있다
시국 사범 가족들은 그래도
당당하고 어딘가
고상한 態가 나지만
우연한 싸움으로 남을 죽인 자
남의 가정을 파괴한 자를
자식으로
남편으로 둔 사람들
바깥에서 '꼽'으로 죄인들이다
멀리 미루나무숲에
까치 둥지처럼 앉아 있는 흰 망루
그래도 그 둥지 안에 든 내 새끼에게
늦은 한복 한 벌 넣어주고 나오는
가난하고 흉악한 罪의 어머니,
'희망'이라고 쓰인 버스 정류장에 서서
무엇인가 기다리고 있다

인천으로 가는 젊은 성자들

전철은 사람을 싣고 서울로 오지만
빈 전철은 사상을 싣고 인천으로 간다
盲人 父子가
내 主를 가까이
를 부르며
내게 가까이 온다
무슨 일이 잔뜩 임박해 있는
우중충하고 무거운 하늘 아래
안양천 뱀풀들이 멀리
하얀 아파트 지대로
기어가고
버림받고 더러운 모든 것들이
신성하다
나는 연락하러 그곳에 간다

너무 오랜 기다림

아직도 저쪽에서는 연락이 없다
내 삶에 이미 와 있었어야 할 어떤 기별
밥상에 앉아 팍팍한 밥알을 씹고 있는 동안에도
내 눈은 골리앗 크레인에 올라간
현대중공업 노동자 아래의 구직난을,
그러나 내가 기다리고 있는 기별은 그런 것은 아니다,
고 속으로 말하고 있는 사이에도
보고 있다
저쪽은 나를 원하고 있지 않음이 분명하다
어쩌다가 삶에 저쪽이 있게 되었는지
수술대에 누워 그이를 보내놓고
그녀가 유리문으로 돌아서서 소리나지 않게
흔들리고 있었을 때도
바로 내 발등 앞에까지 저쪽이 와 있었다
저쪽, 저어쪽이

內藏山

내가 몹시 견디지 못해
그대 근처를 거닐 때
내가 바람 속에 들어가
바람 속의 다음 세상을 엿들을 때
얼마나 더 커야
큰 산은 속에다 감추는가
기후대가 전지한 산등성이 잡목들,
잔뜩 털을 곤두세운 짐승처럼
노여움을 속에다 감추는
큰 산

聖家族

지하실에 세든 家長이
방안에 연탄불을 피워놓고 일가족을 데리고 갔다
生活難 앞에
나도 요단강처럼 멀리 흘러
걸러지고 싶다
집이
棺 속 같다
아내, 아이들이
무표정하게
함께 순장되어 있는

山經을 덮으면서

1

적설 20cm가 덮은 雲舟寺,
뱃머리 하늘로 돌려놓고 얼어붙은 木船 한 척
내, 오늘 너를 깨부수러
오 함마 쇠뭉치 들고 왔다
해제, 해제다
이제 그만 약속을 풀자
내, 情이 많아 세상을 이기지 못하였으나
세상이 이 지경이니
봄이 이 썩은 배를
하늘로 다시 예인해가기 전
내가 지은, 그렇지만 작용하는 허구를
작파하여야겠다

2

가슴을 치면
하늘의 雲板이 박자를 맞추는
그대 슬픔이 그리 큰가
적설 20cm,
얼음 이불 되어

와불 부부의 더 추운 동침을 덮어놓았네
쇼크로 까무라친 듯
15도 경사로 누워 있는 부처님들
石眼에 괸, 한 됫박 녹은 눈물을
사람 손으로 쓸어내었네

                          3
운주사 다녀오는 저녁
사람 발자국이 녹여놓은, 질척거리는
대인동 사창가로 간다
흔적을 지우려는 발이
더 큰 흔적을 남겨놓을지라도
오늘밤 진흙 이불을 덮고
진흙 덩이와 자고 싶다

넌 어디서 왔냐?

붉은 우체통

버즘나무 아래
붉은 우체통이
멍하니, 입 벌리고 서 있다
소식이 오지 않는다
기다리지 않는 사람들에게는
思想이 오지 않는다
사랑하는 이여, 비록 그대가
폐인이 될지라도
그대를 버리지 않겠노라
고 쓴 편지 한 통 없지만,
병원으로 가기 위해
길가에서 안개꽃 한 묶음을 사는데
두 다리가 절단된 사람이
뱃가죽에 타이어 조각을 대고
이쪽으로 기어서 온다

구름바다 위 雲舟寺

비구름 끼인 날
雲舟寺, 한 채 돛배가
뿌연 연초록 和順으로 들어오네
가랑이를 쩌억 벌리고 있는 浦口
천불천탑이 천만 개의 돌燈을 들고 나와 맞는다
해도, 그게 다 마음 덩어리 아니겠어?
마음은 돌 속에다가도 情을 들게 하듯이
구름돛 활짝 펴고 온 우주를 다 돌아다녀도
정들 곳 다만 사람 마음이어서
닻이 내려오는 이 진창
비구름 잔뜩 끼인 날
산들은 아주 먼 섬들이었네

비 그친 새벽 산에서

비 그친 새벽 산에서
나는 아직도 그리운 사람이 있고
산은 또 저만치서 등성이를 웅크린 채
槍 꽂힌 짐승처럼 더운 김을 뿜는다
이제는 그대를 잊으려 하지도 않으리
산을 내려오면
산은 하늘에 두고 온 섬이었다
날기 위해 절벽으로 달려가는 새처럼
내 希望의 한가운데에는 텅 비어 있었다

광양길

한양대학교 나와서 광양 飛上村 기슭에서
밤나무 키우고 사는 한 隱者를 만나고 오는 길
보리밭 위로 구름 水墨이 묵직하게 번지는데
하교길의 어린것들이 비닐 우산을 쓰고
紅梅花 벌겋게 튀밥 튀긴 祭閣 쪽으로 달려간다
넘기면 없어질 것 같은 한 장
아, 저것을 넘기면 과연
空일까
송곳으로 내 눈알을 찔러버리고 싶다

바다로 돌아가는 거북이

麗水 돌산 남쪽 벼랑
바닷새의 집 같은 靈龜岩을 오른다
언젠가 꼭 한번 와봤었던 느낌이 드는 초행에 대해
전에는 이거 매독 증세가 아닌지
걱정된 적도 있었지만
사람이 아파야 옛 삶이 나타나는지도 모른다
안에서 9년 살다 나온 박선배 요양차
방구를 드려보려 했으나 주지 스님, 부산 갔다 한다
스물대여섯 정도 되었을까, 밋밋하고 가냘픈 게
서울서 자주 갔던 논현동 '古鮮'의 姜마담 비슷한
비구니는 제법 아카데믹해 보이는, 안경 쓴, 젊은
비구와 이야기하기에 여념없다
이들 사이의 엷은 연애 감정 아니면 변조된 성희를
감잡은 나에게, 그래서 터무니없게시리 질투심을
느끼게 하는, 法相이 덕지덕지 묻은, 새파란 학승이
누군가 49齊가 남긴 인절미를 내미는데, 아, 글쎄,
이 수도승의 오른손 검지손가락이 없지 않은가

지렁이가 지나간 자리
버얼겋게 充血되어 있네

이태 전 해인사에서 겨울 한철 나면서 숯불 속에다가
지졌다는 것이다 그는 손가락이 타지 않고 자지가
지지지짓, 타고 있었으리라
장삼에 팔이 들어가지 않을 정도로 탱탱 부어올랐다
는데

불로 불을 끄려 하다니
저기 저 산꼭대기를 통과하는 바다 보이지?

海印寺에서 얻은 火印, 찍힌 떡, 맛좋다
이름은 조금도 헛됨이 없어
靈龜岩 바위마다 육각형 거북이등 印이 찍혀 있었다
형님은 다시 이 육각형 안으로 들어가야 할랑갑소
글쎄
안에서는 잘 버텼는데 밖에 나오니까 어지럽고
속이 울렁거리고 조금만 신경써도 목덜미가 빳빳해
지는
박선배는 내 악담을 멀리하고 저 아래
바다를 보고 있었다

안에서는 바깥만 보고 있었는데
안에는 또 안이 있었구나

걷어붙이고 같이 화투 한번 쳤으면
아름다웠을 손목을 가진 비구니 마담도
세상에 나가면 가슴이 물리적으로 답답해져서 못 살겠
다고
자꾸 이렇게 세상 바깥으로 나오게 된다고 했지
八字라고 하나? 뼈가 밖으로 툭 불거져나온 印

그래, 좀 편해?
아무리 멀리 밖으로 나가봐, 거기에 또 바깥이 있지!

그럴지도 몰라, 본디 거북이가 있지
거북이 둘레에 線이 있는 건 아니므로!

드그드그 등등등, 띳띠리 띳띠리 띳띠리
病身, 영구가 거북이 등에 앉아
이름만 나오는 강아지 땡칠이 목에 새끼줄 매고

남해 저 짙푸른 플랑크톤 바다로 들어간다
　　고나 할까? 영구암 하직하고 내려올 때 보니까 과연,
　　그러나 삼라만상이 제각기 제 모습을 둘러쓰고 있는
지라,
　　여수 돌산 남쪽 벼랑, 암자 일대는
　　바다로 막 돌아가는 거북이 모습을 하고 있었다
　　멋모르고 올라온 병신들 등에 태우고
　　業의 그림자에 그림자 새끼줄 매고
　　오른쪽 앞발은 태워버렸는지 아니면
　　벌써 첨벙, 물 속에 담갔는지 보이지 않고
　　다만 그 자리 海壁에 남해 플랑크톤 바다가
　　허연 물벼락을 때리고 있는

비로소 바다로 간 거북이
——김현 선생님 靈前에

큰 거북이 한 마리
이 진득진득한 진흙밭에
놀다 갔구나
몸뚱어리는 덧없어도
육체성은 耐久的이다는 걸
알려주는 그대 肉體文字
무릇 文體란 몸으로 꼬리치는 것,
그렇게 뻘밭에 잠시 놀다가
먼 바다 소리 먼저 듣고
큰 거북이 서둘러 간 뒤
투구게들, 어, 여기도
바다네, 그대 몸 나간 진흙 文體에
고인 물을 건너지도
떠나지도 못하고 있네
舊盤浦 商街 맥주집 문을 열고 나와
잠수교 밑으로 내려가면, 거기,
바다, 바다가 있지, 그렇지만
아, 게의 近視 앞에 바다는 있지만
바다가 보이지 않네
뵈지 않는 것은 보이지 않는 것이고

없는 것은 없는 것이므로
바다로 간 큰 거북이여
不死보다는 生이 낫지 않은가

着語: 김현 선생은 지난 6월 27일 새벽에 영면하셨다. 서울대 병원 영안실 빈소에는, 『文藝中央』(87년 여름호)에 졸고「바다로 나아가는 게: 김현과의, 김현에로의 피크닉」과 함께 게재되었던, 서재 앞에서 환히 웃고 계시는 당신의 근영이 영정 액자에 끼워져 모셔져 있었다. 사흘 후 주검은 한강 상류 양수리 지나 경기도 양평의 퍽퍽한 사질토 땅에 묻혔고, 인부들이 포크레인으로 함부로 파낸 볼품없는 그 구덩이에 내려가 있는 관 위로 모래흙 한줌 던질 때, 이상하게도 나도 그랬지만 우는 사람이 거의 없었다.

그토록 죽음의 예감에 집착하셨고 그 문턱에 이르는 마지막까지 그것에 대해 글을 남기셨으나 당신이 훌쩍 넘어가버린 저 너머에 대해 우리에게 알려줄 길이 없는 심연에 드신 선생님, 죽음 뒤에도 집은 있어야 하니, 부디 좋은 방 얻어 오늘밤 편히 주무세요.

피크닉

1

몸 있을 때까지만 세상이므로
있을 때
이 세상 곳곳
逍遙하다 가거라
보이는 거, 들리는 거, 만져지는 거,
냄새나는 거
어찌하여 번개오색나비는
퍼렇게 번개치는 날개로
개마고원을 날아가는지
어째서 아름다운 복사꽃 뒤쪽은
삶의 유혹인지

2

복사꽃 골짜기에 銀幕 같은 봄볕이 背光을 둘러치고
있는 南漢山城 어느 시냇가에서 점심을 끝낸 일행 중에
더러는 이쑤시개로 이빨을 쑤시고 더러는 두 팔 뒤로 지
게 지고 연둣빛 오르는 먼 산 보고 있을 적에, 저 산성
아래는 한참 全斗煥 治下였지만, 때로 삶은 이렇게 눈뜰
수 없게 얼마나 부, 부신 봄꿈이었는지! 옆에 계신 스승

께, "선생님은 제 머리가 온통 허옇게 될 때까지 그 자리에 계셔야 합니다"라고 했더니, "자네도 금방 이 자리에 있게 될 텐데"하셨던 생각이 나는구나. 벌써 無爲에 드셨군, 속으로 새겼지. 때마침 꽃잎 같은 것이 우리들 사이를 지나가는가 싶어 눈을 들었더니 저만치 물 위에서 나비가 팔랑팔랑 새도 모션을 취하고 있더구만. 왜 그렇지? 그때 우리가 뜯어먹고 험악하게 남겨둔 닭뼈 위로 스쳐간 나비 그림자가 지금도 흉터처럼 선명해.

逍遙三篇

유리 나무

겨우내
鼓膜 같은 봉창 韓紙에
마른 나무 그림자 移動시켜
한나절 시간을 알려주더니
봄 되자
그림자 해時計마저 없다
봉창을 여니
옆집 샘가 앵두나무가
ㄅ〔'옴'의 범어〕字 모양으로 가지를 뻗고
들어온다
옴마니밤메훔
줄기가 훤히 보이는 유리로 되어 있는 나무의
붉은 摩尼 보석 열매,
내 손이 빠르게
눈에서 입으로 이어준다

거울 마당

아침에 대빗자루로
百日紅나무 밑까지 쓸어둔 마당, 銅鏡 같다

해 뜨자 붉은 꽃 받아

柳氏 老人 반바지에까지 삘겋다('빨갛다'의 전라도 방언)

色이 강하면 반사할 뿐 아니라 스며든다

사라진 나비

雨後

삽, 어깨에 메고

농부님 밭으로 간다

토끼풀꽃 밭을 지나온 노란 장화 뒤축

나비 두어 마리 따라간다

농부님 도라지 밭으로 들어가고

나비 두어 마리 도라지꽃잎 되었다

한 오백여 평?

흰 나비, 보라색 나비떼가

땅에 떠 있다

미끼만 채가는 물고기

한겨레신문을 집어들고 좌변기에 앉아
나는 알루미늄板 바다를 생각한다
밥그릇에 담긴 不義를 먹고
義憤은 무거운 똥덩어리가 내려가게 한다
좌대 밑 진흙 덩어리가 떨어지는
알루미늄板 바다에
미끼만 채가는 물고기가 있다
이놈을 어떻게 잡을꼬

허수아비
── 종이고양이

천장에서 양철 쥐들이 부스럭거린다
밑에서 아무리 이야옹, 야옹 해도
더 부스럭거린다
이사 올 때 야무지게 새로 뎬조를 쳤는데도
어떻게 들어갔는지
이제는 벽돌 속에서도 찍찍거린다
이 맨입으로
돌 속의 쥐새끼들을 어떻게 잡을꼬

허수아비
—— 옷걸이

장판 바닥에 떨어진 담뱃재를 침 묻힌 손끝으로
집어올리는 사람을 보면, 저 사람 조심해야겠다
고 속으로 경계심부터 품었던 일
구긴 破紙를 휴지통에 롱 슛, 그 결과로 곧 닥칠
일을 占치던 버릇
지하철 마지막 계단의 홀·짝수에 연연하던 것
신문에 난 의학 상식 정도로 스스로 重病이라고
생각하고 병원에 가던 겁
속이 미싱미싱할 때 손가락을 넣어 토해버리듯
요즘 나는 넘어올 것 같은 예감들을 미리
게워버린다
시를 쓰다가도 나도 모르게 나오는 불길한 예시는
지운다, 부음란도 이제 덤덤히 읽는다
이 모든 게, 좀 엉뚱하긴 하지만,
내 마음속 애인들이 하나씩, 하나씩
다른 마음들에게 시집가고 없는 탓일 게다
추근덕거리는 개에게, '저리 가'라고 한 것 외엔
종일 한마디도 않고 지나가는 날이 있다
짚으로 싼 木人,
누군가 내 등뒤에 서 있는 것 같아

획 돌아보았더니
내 모자, 내 웃옷, 내 바지를 입은 옷걸이였다
왜 罪지은 것처럼 그리 놀랐을꼬
내 옷을 입고 있던 그 者, 어디로 갔을꼬

허수아비

——쇼 윈도

워드 프로세서나 하나 가져봤으면 하는 마음이
대우 대리점 앞에 서 있다
보이지만 만질 수 없는 것
은 그림이다
전에는 예술이란 무릇, 쇼 윈도라고 생각했지
씨방에 獨占黃金을 채우고자 하는 상품이
나비떼 날아든 복사꽃처럼 이쁘다
웬 盛裝한 아가씨가 윈도 앞에서
흰 블라우스 주름을 바로잡고 간다
자, 방금 지나간
저 유리 속의 妖花들을
한꺼번에 꺼내봐라

허수아비
──모기經

한글판 『華嚴經』(東國譯經院, 서울, 1985)
須彌頂上偈讚品 몇 줄 위에
모기 한 마리, 너 이 높은 곳을
어케 올라왔뇨, 앉아 있었다
주저주저하다가
손끝으로 눌러 밀어버렸다
언더라인이 된 붉은 순교자
그로부터 몇 년 뒤
이곳으로 이사와서
책짐을 푸는데 다른 雜書들 밑에
납작하게 깔려 있는 『華嚴經』,
다시 그곳을 펴보았으나
그곳, 참된 이치에 의지하지 않고 세상 구원하는
이를 본다면, 이 사람은 모양만 집착하여
어리석은 의심 그물만 더하고 나고 죽는 감옥에
얽매이리라

이 밥통, 벌써
須彌山 上峯을 날고 있는
그 모기 잡아오겠느냐

허수아비
——똥방석

첩첩산중 禪房에 앉은 돌호랑이,
이거, 방석에 진흙똥 싸놓고 앉았구나
그대 家風 따라
一喝하고 내 따귀를 갈기겠느냐
의심만 가득찬 이 가죽푸대야, 이게
똥인지 된장인지 꼭 알아야겠느냐,
하겠느냐

웅웅 우는 내 電氣칼, 이거
담방에 두 토막 내버릴 金剛칼이여
어서 뇌성번개 쳐다오

강철 이데아

잠자리가 헬機를 낳고
투구게가 로봇을 낳듯이
포크레인을 낳은 것은
빤짝, 하는 아이디어였다
강철 이데아가
황토 먼지 일으키며
허겁지겁 綠色 언덕을 파먹던
주걱손으로
때로는 한 사람 들어갈
무덤을 파놓기도 한다

날개 속에 그물이 있다

1

그물이 날개로 날아다니는 것들을 잡지만
날개 속에도 그물이 있네
오늘부터 여름 방학이다고 하는 순간
아이들이 와아 하고
뭉게구름 위로 올라가
채로
잠자리를 잡네

2

그물을 빠져나간 잠자리,
그물을 빠져나간 잠자리,
그물을 찢은 것은 아니다

3

전화 속에도
그물이 있다
그물 사이로
弟嫂氏와 이야기한다
인천 집 팔았소?
서대문 로터리에서 서울역 쪽으로 가다 보면

치안본부 고층 건물 옥상의 안테나塔
인천으로 들어오기로 한 선박이 왜 안 와요

4

思想을 낚는 그물,
물을 낚고 있네
대형 선박이
바리캉으로 뒤통수 밀 듯, 물 위로
기다란 흰 자취 끌고
富川 공단으로 들어오고 있는 동안
(여기서 뭔 말인가 하려 했는데
잊어버렸네)
응, 그렇지,
아이들이 뭉게구름에서 잡은 氷菓 잠자리,
땅에 내려오자 녹아버렸네

5

그물을 빠져나간 잠자리, 그물을 빠져나간 잠자리,
그물을 찢은 것은 아니네
그물을 찢은 것은 아니네

허수아비
——과녁

洋弓射手가

이제

60m 사대에 서 있다

숨 한번 크게 내쉬고

화살을 꺼내어 활줄에 당기는 손이

잔뜩 찌푸린 눈살 옆에 붙는

순간,

(활줄이 이 시골뜨기 소녀의 입술을 갈라놓고,

그러나, 준비하시고오, 쏘세요, 하는 주택

복권의 야바우 회전 과녁과는 de dicto 次元이

다르다)

카메라가

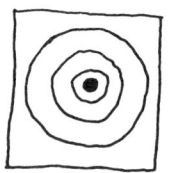

을(를) 줌인한다

저   이

心臟이냐

中心이냐

오호, 허수아비여, 그대에게도

마음이 있다는 게냐

勿論,

그대 마음 가운데에서도 한가운데 마음에

제 꽁무니, 꽁무니에 일렬로 촉을 다 박을 때까지

인간에게 新記錄이 있을 것이다

그러면

자,

화살이 다 들어간 과녁의 한가운데가

DOT이냐

POINT이냐

허수아비
——지역 감정

해오라기
草綠 섬진강
건너간다
물수제비 뜨듯
江에 닿을락말락
멀미하면서

경상도는, 彼岸이다

하동 백사장 防風林에서
한 사나흘
外泊하고
해오라기
진흙으로 변한 섬진강
건너온다
여기만 오면 멀미한다는 기억 때문에
멀미한다는 듯이
어질   어질
    어질어질
            어질

어질

비록 진흙은 흐르지 않는달지라도

모든 江은, 緣起論이다

湖南義手足館

점심 시간에 몰려나와 개고기를 먹는
뻘뻘, 물수건으로 얼굴을 닦아가면서
저 뜨거운 佛性을 우그작우그작 먹어치우는
빤들빤들한 健康體들이 내 눈에는, 허깨비 같다
허깨비 같다, 혹 불면 바슬바슬
진흙 먼지 흩어지는

몸의 일부들이
全南大學 大學病院 로터리 한켠
湖南義手足館 유리 진열대에 놓여 있다
볼트로 관절을 연결한 플라스틱 다리들, 팔뚝들
그리고 자잘한 손금이며 퍼런 실핏줄하며
분홍빛 손톱의 흰 초승달까지
영락없이 '살아 있는' 사람 손 같은 살색 고무손,
前生代 얼음 속에서 갑자기 튀어나와
저기, 아직도 구멍 흔적이 남은 대학병원 붉은 벽돌 앞
히말라야소나무를 가리킨다, 가리키는 듯하다
링거병을 꽂은 채 환자가 소나무 아래
휠체어에 앉아 있다
아, 아픈 사람만이, 實感난다, 사람 같다

비로소 사람에 가까워지려 저렇게 끙끙거리는
푸른 세로줄 무늬 환자복이 휠체어를 밀며
히말라야山으로 가고 있는 사이
또 錦南路에 대학생들이 나타났는지
十方으로부터 길이 방사선으로 들어오는 로터리,
꽉, 막혀 있다
목에 쇠가시가 걸린 듯
무쇠 말들이 車線에서 크락션 방귀, 빵빵거리면서
헛 時間을 뀐다
하루하루 삶이 그저 日常이겠지만
삶, 바로 그것이 時間性이기 때문에

축 늘어진 사람을 업고 누군가 응급실 쪽으로 뛰어가고
湖南義手足館 건너편 보신탕집 앞
르망, 스텔라 들이 금덩어리 개새끼처럼
땡볕 아래 무릎을 꿇고 있다

상 실

귀밑머리 허옇도록 放心한 老敎授도
시집간다고 찾아온 여제자에게
상실감을 갖는 게 사실이다.
하물며, 가버린 낙타여
이 모래 바다 가는 길손이란!

어쩌면 이 鹿苑은
굴절되어 바람에 떠밀려온 신기루인지도 모른다
그렇지만 모래밭과 풀밭이 갈리는 境界에 이르러
나는 기를 쓰고 草綠으로 들어가려 하고
낙타는 두 발로 브레이크를 밟고 완강히 버티고

결국, 어느 華嚴 나무 그늘에서
나는 고삐를 놓아버렸지
기슭에 게으르게 뒹구는 사슴들,
계곡에 내려가지 않고도
물의 찬 헛소리 듣는 法을 알고
목마름이 없으므로
'목마름'이 없는 뜨락
멋모르고 처음 들어온 자에게도

돌아왔다고 푸른
큰 나무 우뢰 소리 金剛옷을 입혀주는구나

내가 놓아버린 고삐에 있었던 낙타여
내 칼과 한 장의 지도와 經 몇 권 든 쥐배낭,
안 그래도 무거운 肉峯에 메고 어느 모래 바람 속에서
방울 소리 딸랑거리고 있느냐
새 길손 만나 왔던 길을
初行처럼 가고 있지 않는지
내 귀밑머리 희어지도록 너를 잊지 못하고
내가 슬퍼하는 것은 그대가 나를 떠났다는 것이지만
내가 후회하는 것은 그대를 끝끝내 끌고
여기에 오지 않았다는 것,
차라리 그대를 내 칼로 베어버리고
그 칼을 저 鹿溪에 씻어줄걸
씻어줄걸

허수아비
——南韓 이데올로기

서명 운동 주도하지 말라고
모처에서 보내온
15돈중짜리 금열쇠를 받아놓고
전전긍긍 낑낑거리고 있는 許교수,
뭔가 하고 케이스를 열어보았더니
붉은 羽緞천에 각인되어 빛나는
진짜 純黃金 열쇠

그러나 호텔 방을 열 수도 없고
지하 비밀 금고, 하다못해
쬐그만 서류 가방 하나도 열 수 없는
다만 '열 수 있다'는 기호로만 되어 있는
觀念의 열쇠,
뇌물이 뜨거운 쇳물로
사람의 뇌를 순간적으로 녹여버리듯이
관념도 사람을 움직여버릴 수 있다

처음에는 불쾌했다가 그 다음에는
분노가 치밀었다가 나중에는 두려워지기까지
하는 許교수도 이미,

거봐, 그것도 황금 열쇠가 그대를
열어버린 게야

자, 許哥야
그러면 그대가 이 황금 열쇠를 열어보시지

허수아비
——우체통

편지를 부쳤으나
편지를 받은 이, 없다

80원짜리 食券으로 산 먹을 것을
입에다 갖다 집어넣어줘도
이놈은 까딱없이, 하품하는 입으로
씹지도 않고 삼키고는
또, 잔다
대낮에 몸을 온통 빨갛게 그을린 채
잠만 자는 이 食蟲이 탁발승
………
을, 물끄러미 바라보았던 낙타는
다시 말없음표를 찍으며
지금, 고비 사막을 건너가고 있다

자, 이놈을 어떻게 깨워내
사막을 다 건너기 전
낙타에게 한 消息, 전할꼬

처마끝 먼 西天

흔적으로만 발을 따라가기가 이리 힘들구나
도주한 범인 찾듯이
오늘도 두 번 버스를 갈아타고 택시로
望月洞으로 해서 道廳으로 해서
걸어서 카톨릭회관 지나 광주은행 앞
지하도 입구에 서 있으나
그대 발자국, 거기서 끊겨 있다
오랜 미행 관계에서 싹튼 묘한, 우정이랄까
예의랄까, 말의 본디뜻으로 愛着 같은 게 있어서
그대가 나를 따돌리더라도 때로는
알아볼 수 있는 흔적들 띄엄띄엄 찍어놓드만
오늘은 그대가 나를 아주 멀리하는구나
敵意가 知能으로 표현되는 우리 사이,
알루미늄 지팡이로 더듬으면서 계단을 오르고 있는
맹인, 그 앞에 禮佛하듯 두 손 벌리고 엎드린
거지, 종말이 가까이 왔다고 핸드 마이크로 외치고
있는 종교 외판원, 무슨 컴퓨터 학원 찌라시를 나누
어주는 아주머니, 기타 회사원, 장사치, 대학생, 불
량배,
土地 사기꾼, 사회사업가, 차기 국회의원 지망생, 카페

주인, 그대는 분명, 이들 가운데 있으리라
이제 그대를 점찍어내는 것은 나의 본능이다
그 본능이 나를 이곳,
이곳, 松廣寺 광주 포교원 圓覺寺에 오게 했다

물결 따라 이리저리 달리면
끝내 남에게 나루터를 다시 묻는다

라는, 옛 祖師 어드바이스대로
이제는 그대 흔적을 찾지 않고
그대가 올 곳으로 내가 먼저 가 기다리겠다
(讀者諸賢이시여, 최근 제 기다림의 시편들은
이렇게 해서 연유한 것임을 이 기회에 지면을 통해 알
려드립니다)
기다리는 사람의 속은 時間에 의해
버석버석 녹슬기도 하지만
시간과 관계없이 제 속을 치는 구리 물고기,
極樂殿 처마끝 낚시에 걸려 흔들리고 있다
극락이 얼마나 가까운지
지난 5·18 행사 때 대형 플랑에 가려 있던

호산나병원의 녹십자 마크와
요즘 자재대며 인건비를 돈으로 쌓아올리면
돈보다는 낮을, 높은 광주은행 摩天樓 사이로
극락전 처마 귀퉁이 서까래가 늘어나
먼 西城에 닿아 있다
착각이었을까, 원각사 바깥 근처에서
낙타 방울 소리가 다가오는 것 같다
너, 이놈,
너 먼저 印度로 갔구나
황급히 밖으로 나와보니
두부 장수가 음식점으로 변한 옛 주택가
골목으로 들어가고 있었다

華嚴光州

하늘과 땅을 溶接하는 보라色 빛
하늘의 뿌리 잠시 보여준 뒤
환희심에서 발을 동동 구르는 帝釋天,
저 멀리 구름장 밑으로
우레 소리, 도라무깡처럼 우르르르르 굴러오네
이윽고 비가 빛이 되고
願을 세우니, 거짓말이나니
희망은 作用하는 거짓말이므로

전남대학교 정문
문짝 없는 문, 해탈했네
아구탕처럼 입 쩍 벌리고 털난 鐵齒 드러낸
아수라 아귀, 울퉁불퉁 종기난 쇠방망이 들고
無門 앞에 서 있고, 어?
없는 것들이 있네,
좋은 것으로 나아가는 문 앞에는
어째서 꼭 나쁜 것들이 있을까?
푸르스름한 고춧가루 안개가
용과 봉황 모양으로
버즘나무숲 위로 자욱하게 기어오르고
눈물을 담은 능금 열매들이 후두두두둑

다시 그 자리에 떨어지네
어메, 저 잡것들, 헛것들이 힘쓰네이
헛것들아, 헛것들아, 문 한번 지나간다고
해탈할까마는 이 문은 지나가는 것이제
빠져나가는 구멍이 아니랑게
선남선녀들, 아름다운 舌音과 母音으로
일렀으나 아귀들, 헛것들인지라
그리고 대저 헛것들일수록 불안감이
증가시키는 더 큰 힘을 쓰는지라
종기투성이 쇠방망이 휘두르며 더 날뛰네
이에 선남선녀들, 해탈문 아래 도솔천 계곡에
내려가 지천으로 불꽃 핀 불꽃들 꺾어
이 헛것들, 물러가라
이 헛것들 뒤의 더 큰 헛것들, 물러가라
이 헛것들 뒤의 더 큰 헛것들 뒤의 더 더 큰
헛것들, 물러가라, 물러가라, 외치며 던지니
그 꽃들만 성층권 밖으로 뚫고 나가
보이지 않네

상점 주인들이 수도 호스로 길을 씻고
그날 밤, 꽃들이 사라진 그 자리에

獅子座, 환히 點燈하고 나타나네
돌덩어리에다가 얼마나 뜨거운 마음을 넣으면
별이 되었을꼬

공용 터미널

나는 이렇게 들었네
이 종점은 다시 모든 곳 十方世界로 출발한다고
떠나고 돌아오고
돌아오고 떠나고
업 싣고 갔던 소달구지, 적재량 초과되어
입에 진득한 비누 거품 물고
때로는 낮은 클라리넷 소리로 엄마를 부르며
만겁 인연의 낡은 驛舍로 돌아오고
떠나고 돌아오고
돌아오고 떠나고
좀체 브레이크가 없는 수레바퀴 아래
풀을 먹는 벌레
풀을 먹은 벌레를 먹는 딴 벌레
풀을 먹은 벌레를 먹은 딴 벌레를 먹는 물고기
그 물고기를 먹는 새
그 물고기를 먹은 새를 먹는 짐승

그 물고기를 먹은 새를 먹은 짐승들을 먹는 사람들
아, 수레바퀴여
결과를 다시 밟아 잡아먹는 원인이여
그해 佛紀 이천오백스물네번째 부처님 오신 날
어찌하여 진리는 말도 안 되는 역설로
복수하였는지요

약국 앞 길에 괴어둔 자전거
뒷바퀴를 한 아이가 돌리고 있네
시계 톱니 음악 소리를 내며
돌아가는 아름다운 바퀴살
짐을 내린 그 자전거 타고
그 아이, 벌써 몇 세상 갔네

광주 공원

나는 여러 군데서 여러 번 이렇게 들었네
화엄도 말짱 구라고
부처도 베어버리자고
옳도다, 화엄도 구라였고
부처도 이미 베어져 있었네
잔뜩 바람먹은 떡갈나무숲 위로 펄럭이던

127

天幕 갑자기 暗電 되던 날
사람 대가리가 뽀개진 수박 덩이처럼 뒹굴고
사람이 없어졌으므로
부처도 없어졌네
사람이 없어졌으므로 부처도
터져나온 내장은 저렇게 순대로
몸뚱어리는 어디론가 가버리고 다만
대가리만 남아 푸욱 삶아져
저렇게 눈감고 소쿠리에 臥禪하고 있는 거이네

나무관세음보살   지장보살
관세음보살   지장보살
관세음보살   지장보살

떡갈나무숲 공원 광장 건너편 순대국집들 앞
아저씨는 프로판 가스 화염 분사기로 돼지머리를

지지고 아주머니는 합성고무 다라이에 든
출렁출렁한 내장들 피를 씻어낸다
그 핏물 광주천으로 흘러내리고
그 검은 궁창, 멀리 하남 땅
흰 극락강으로 가고 있다

어느 날
극락강 사구에서
목 없는 돌부처들,
洪水에 씻겨
올라왔지
國會 光州特委 위원들이 혹시나 하고 다녀가고
그렇지만 부처는 이렇게
없어진 채로,
늘,
있네
부활도 하지 않고
죽지도 않고

　　　　　　　　　　광천동

我聞如是

광주보다 먼저 있는 이름, 빛의 샘
그래서 무등 경기장 왼쪽 외야석 상공
새털구름 깃털에 노을이 살짝 비낀,
부끄럼타는 듯한 아름다운 서광을
프로야구 중계 화면이 전국에 보여주기도 하네
광주로 빛을 다 보내고
어둑어둑해지면
일신방직공장 정문 앞 여공들 삼교대하고
윤상원의 누이, 형광등 아래에서
끊긴 실을 찾고 있네

오빠, 아직 이 실 끝에 있능가

세상은 죄다 사람이 지은 거라고
쬐그만 들불로 비춰주었던 오빠,
그때에 비하면 지금은 바스락 소리가 날 것 같은
형광등 아래
아직도 이 세상을 빠져나가지 못하고
세상을 다 감고도 남을 실타래 어디에 걸려 있구만이
노동자 보살이 이렇게 해서 끄집어낸
형광등 아래의 빛실이

충장로 밤거리를 걷는 사람의 옷 솔기에서
풀리고 있네

        끝없이 북으로 뻗친 비단江
광천동을 돌아 금남로에 이른 영업용 택시,
양쪽에 물날개 달고 억수 속을 질주하네
물은 맑아 물 저 밑
거뭇거뭇한 아스팔트가 보이고
옛날에는 이 강 밑으로 길이었는가보죠,
묻고 싶었네
불과 몇 달 전 일 같은데 벌써 遺跡이 되어
밑바닥으로 내려가 있는 길,
수면에 기총소사하듯 소나기 두드러기
무수히 돋는 먹물강이구나
나는 그렇게 들었네
검은 무쇠소가 이 강에 들어갔다 나오면
흰 羽緞 같은 소가 된다는데
보면 깊어도 서면 발바닥에도 못 미치는
이 비단 두께의 강에 어떻게 들어가랴
그 당시 자기도 큰 코끼리 등에 타고
잠시 들어갔다 나왔다고 말하는 기사님

그래서인가, 나이에 비해 머리카락 어느새 허옇네
그 당시 가로수였던 은행나무들 물 위에 올라와
호우주의보가 몰고 온 비바람에도 휘지 않고
맞서 함성을 지르네
도청 앞 Y 건물에 내려서 보니
왔던 길,
끝없이 北으로 뻗친 비단강, 뿌우옇게
보이지 않는 靑天江 하늘 아래로 흘러드는 듯하네

도 청

약속 시간이 훨씬 지났는데도
온다던 사람 아직 보이지 않고
기다리다 못해 사자좌에서 일어난 사자
몸을 털며 크게 포효하니 고막이 찢어지게
하늘이 번개표 모양으로 찢어지고
이윽고, 꽃이 되었다가 별이 되었던
돌, 우박 떨어지는구나
이 비에 사람이 어떻게 오랴만
때로 진실은 약속을 깸으로써 오기도 하지
우리가 간절하게 기다리는 건
우리가 기다리는 동안에 가장 온전하게, 와 있듯이

이 비 그치면
이 비 그치면

저 도청 앞 분수대에
유리 줄기 나무 높이 올라오르리라
그 투명 가지가지마다
지금까지 참았던 눈물 힘껏 빨아올려
유리나무 상공에 물방울 뿌린 듯
수많은 摩尼 보배 꽃, 빛 되리라
그때에 온 사찰과 교회와 성당과 무당에서
다 함께 종 울리고
집집마다 들고 나온 연등에서도 빛의
긴 범종 소리 따라 울리리라
상점도 은행도 창고도 모두 열어두고
기쁜 마음 널리 내는 강 같은 사람들
發光體처럼 절로 빛나는 얼굴들 하고
젊은이는 무등 태우고 늙은이는 서로 업고
어린이는 꽃 갓끈 빛난 신 신겨 앞세우고
금남로로, 금남로로, 노동청으로, 도청으로
十方으로 큰 우레 소리 두루 내는 강처럼
흘러들고 흘러나오고

그때에, 須彌山에서 날아와 굳어 있던
무등산이 비로소 두 날개 쫙악 펴고
羽化昇天하니, 정수리에 박혀 있던
레이다 기지 산산조각나는구나
땅에서는 환호성, 하늘에서는
비밀한 불꽃 빛 천둥 음악
마침내 망월로 가는 길목 山水에는
기쁜 눈으로 세상 보는 보리수 꽃들
푸르른 억만 송이, 작은 귓속말 속삭이고
오시는 때 맞춰 황금 깃털 수탉이 숲 위로
구름 幢旗 일으키며 힘차게 우는 鷄林
그때에 도둑, 깡패, 마약범, 가정파괴범,
국가보안법 관련자, 장기수 공산주의자 들이
폭소를 터뜨리며 교도소 문을 나오고
그날 밤, 연꽃달 환히 띄우고
여어러 세상 홀러온 굽이굽이 千江이
산기슭에 닿아 있는 月山, 처음으로
물 속 연꽃달 보았던 개 한 마리
늑대 울음 울며 산으로 돌아가고

걸리적거림, 사이로 돌아다님

진　형　준

　　황지우가 꽤나 돌아다닌다, 라고 시작하려니 영 신선하지 못하다. 어디론가 떠나고 싶다거나 돌아다니고 싶은 것은 황지우스럽다기에는 너무나 보편적인 욕심들 중의 하나이기 때문이며, 황지우 자신으로 보더라도 이전의 그의 시들을 붙박인 시들이었다고 볼 수도 없겠기 때문이다. 그렇더라도, 그의 새로운 시집의 시들을 대하는 순간 확연히 다가온 느낌, 그 돌아다님, 흡사 구도자의 행각과도 비슷한 그 돌아다님의 느낌으로부터 그의 시들을 읽어 보기로 나는 작정한다. 그렇게 그의 시들을 읽으면서, 떠남, 돌아다님이라는 매우 보편적인 원형이, 어떻게 황지우라는 실존 속에서 변형되고 구체화되는가를 살펴볼 수 있는 섬세함이 발휘될 수 있다면 다행이겠다.

　　우선, 돌아다니려면 길이 있어야 한다. 아니, 여기저기 모습을 드러내고 있는 길의 이미지가 돌아다님의 느낌을 촉발시킨다고 보아야 옳을 것이다.

1) 삶이란
   얼마간 굴욕을 지불해야
   지나갈 수 있는 길이라는 생각

   돌아다녀보면
   朝鮮八道,
   모든 명당은 초소다

   한려수도, 內航船이 배때기로 긴 자국
   지나가고 나니 길이었구나
   거품 같은 길이여

   세상에, 할 고민 없어 괴로워하는 자들아
   다 이리로 오라
   가다보면 길이 거품이 되는 여기
   내가 내린 닻, 내 덫이었구나   ——「길」 전문

2) 내일은 그대 스스로 일어나
   문 앞의 길이 세상 끝에 나아가게 하라
   모든 길은 집에서 나오므로
   모든 길은 집에서 떠나므로   ——「집」

3) 그대에게 이르기 위해
   나에게서 뻗쳐나오는 온갖 마음,

길을 만들어놓았지
눈에 보이는 모든 것이
그대의 자국이었지   ——「가을날의 내 마음」

4) 만인의 발바닥에 닿아 있는 길,
   모든 길은 主體로부터 나온다

   그 길 끝
   風景이 있거나 祠堂이 있으리 ——「백두산 가는 길」

5) 가면 뒤에 있는 길은 길이 아니라는 것을
   우리 앞에 꼭 한 길이 있었고, 벼랑으로 가는 길도 있
음을

   마침내 모든 길을 끊는 눈보라, 저녁 눈보라,
   다시 처음부터 걸어오라, 말한다   ——「눈보라」

6) 무릇 經典은 여행이다. 없는 곳에 대한 地圖이므로.
   누가 아빠 찾으면, 집 나갔다고 해라.   ——「山經」

7) 빨리 집으로 가야겠다   ——「겨울산」

8) 그러므로, 길 가는 이들이여
   그대 비록 惡을 이기지 못하였으나
   藥과 마음을 얻었으면,
   아픈 세상으로 가서 아프자.   ——「山經」

별 의도 없이 눈에 띄는 대로 뽑아본 위의 시들에서의 길의 의미의 현란한 변주는 황지우의 돌아다님이 단순한 떠남이나 탈출, 혹은 탈출하려다 붙잡힌 자의 비애의 의미를 넘어서서 그 얼마나 복합적인 울림을 갖고 있는가를, 쉽게 드러내준다.

우선 1)에서의 길; 가장 단순한 비유이다. 그 길은 삶자체이다. 그리고 굴욕을 지불해야 지나갈 수 있는 험난한 길이다. 그 길은 험난하되, 시적으로는 매우 범상한 길이다. 그러나 그 범상한 길은, "내항선(內航船)이 배때기로 긴 자국/지나가고 나니 길이었구나/거품 같은ㆍ길이여"라는 표현에서 황지우적인 울림을 갖는다. "내항선(內航船)이 배때기로 긴 자국"이라는 표현은, 그 길이, 실은 지날 때마다 잘못된 길이었다는 자각을 불러일으킨 길이었음을 보여준다. 배는 바다가 제 길이 아니겠는가. 그러나 그 잘못 든 길이 "지나가고 나니 길이" 된다. 잘못된 길이되 길은 길이다라는 생각이, "거품 같은 길이여"라는 표현을 낳는다. 그 표현은 나는 거품같이 덧없는 길을 걸어왔다는 개인적ㆍ실존적 차원에서의 탄식으로 이해될 것이 아니라, 앞의 시구들과 어우러져, 누구나 이건 내길이 아니야라고 부정하는 그런 길(그런 삶)을 걷고 있다는, 그러나 그 자기 부정의 길이 바로 그 자신의 길이라는 의미로, 그렇지만 그 길이 바로 나의 길이라고 확신하는 순간 그 길 자체는 사라져버린다는 그런 의미로 읽어야 한다. 그렇다면, 그 거품 같은 길은, 바다를 항해해야 할 내가 이 뭍에서, 뻘밭에서 질질 몸을 끌고 있다니 이

무슨 꼴이람이라는 탄식이 들 때도 그대로 이어가야 할 길이며, 그 고통을 수락하는 순간, 고통의 수락을 확신하는 순간, 흔적조차 사라지는 묘한 길이다. 그렇다면 그 길은 겁낼 필요도 없고, 가볍게 여길 수도 없는 그런 길이다. 겁내지 않을 때 돌아다녀서 안 될 길은 없고, 가볍게 여기지 않을 때 돌아다닌다는 핑계로 그 무언가 짐을 벗어버리거나 육신의 덫에 걸리는 것을 피해가지 않게 된다. 그러니 3)에서 보듯 "나에게서 뻗쳐나오는 온갖 마음,/길을 만들어놓았지"라고 읊을 수 있고, 2)에서 보듯 그 길은 집에서 나와 세상 끝까지 뻗쳐 있는 길일 수 있게 된다. 사실상 길과 집은 대립되는 테마이다. 집은 길 떠나는 자의 한쪽 끝에서 그 길 떠남을 막는다. 그러나 황지우의 길은, 위의 인용 5) 6) 7)에서 보듯, 집 나갔다가 집으로 돌아가는, 약(藥)과 마음을 얻었으면 다시 아픈 세상으로 돌아가는 그런 길이다. 그 길은 그러나 평면적이다. 그 길이 평면적인 떠남·돌아옴의 왕복이거나, 집과 세상 끝을 이어주는 길이라면 넓이와 길이는 획득할 수 있을지 모르지만, 높이와 깊이는 획득하지 못한다. 달리 표현한다면 입체적이지 못하고 공간적이지 못하다. 더 쉽게 표현하면 부피가 없다. 그런데 위의 인용 3)에서 우리는 그 길이 만인의 발바닥에서 사당(祠堂)까지 이어졌다는 암시를 받는다. 사당은 그 자체 수직적 기원이다. 그 암시를 보다 확실히 우리 것으로 하기 위해, 우리는 황지우의 바다를 만나야 한다.

　앞서 인용한 1)에서의 "거품 같은 길" "내가 내린 닻"

이라는 이미지는 우리에게 곧바로 바다를 연상시킨다. 또한, "내항선(內航船)이 배때기로 긴 자국"에서 알 수 있듯, 바다는 시인이 본래 놀던 곳이며, "방광에 가득찬 한숨——게야, 바다 한가운데를 가보았느냐!"(「山經」)라는 탄식에서 알 수 있듯이 그곳은 시인이 그리는 이상향이기도 하다. 그러나 시인은, 바다를 헤엄치는, 바다로 가는 거북이가 되지 못하고 뻘밭을 기는 투구게로 남아 있을 뿐이다.

> 투구를 쓴 게가
> 바다로 가네
>
> 포크레인 같은 발로
> 걸어온 뻘밭   ——「게 눈 속의 연꽃」

> 그렇게 뻘밭에 잠시 놀다가
> 먼 바다 소리 먼저 듣고
> 큰 거북이 서둘러 간 뒤
> 투구게들, 어, 여기도
> 바다네, 그대 몸 나가 진흙 文體에
> 고인 물을 건너지도
> 떠나지도 못하고 있네
>   ——「비로소 바다로 간 거북이」

자기는 본래 거북이로서 바다에 살아야 하거늘, 한낱 투구게로서 뻘밭을 기어야 한다는 인식은 비극적인 인식이다. 그 인식은, 나는 거북이인데, 그래서 바다에 살아야 하는데 이 진흙 뻘밭에 잘못 놓여 있다는 인식보다는, 자신이 어차피 진흙 뻘밭에 살고 있는 투구게에 불과하다는 어찌 보면 체념적이고 어찌 보면 정직한 자기 인식에 근거해 있는 만큼 덜 비극적이라고 할 수 있을지 모르지만, 바다를 그리워하되 그리로 갈 수 없다는 상황이 여전한 만큼 비극의 무게는 줄지 않는다. 거기서만 그친다면 황지우는 대단한 이데알리스트이다. 사실상 그는 자신의 아이덴티티를 대개 부재하는 것에서 찾는다. "아, 게의 근시(近視) 앞에 바다는 있지만/바다가 보이지 않네"(「비로소 바다로 간 거북이」)라는 탄식은, 바다를 볼 수 없는 자신의 어쩔 수 없는 안목에 대한 탄식으로도 읽을 수 있지만, 시인의 마음속 깊은 곳에서는, 그리는 것을 실체로 확인하기보다 더 먼 곳으로, 안 보이는 곳으로 보내려는 욕망이 작용하고 있다고 볼 수도 있지 않을까? 그러니, 욕망의 실현보다는 욕망의 작용 자체를 소중히하는 기다림의 노래들, 예컨대 "사랑하는 이여/오지 않는 너를 기다리며/마침내 나는 너에게 간다"(「너를 기다리는 동안」), "아직도 저쪽에서는 연락이 없다/내 삶에 이미 와 있었어야 할 어떤 기별"(「너무 오랜 기다림」), "이제는 그대 흔적을 찾지 않고/그대가 올 곳으로 내가 먼저 가 기다리겠다"들이 불려지는 것이 아닐까?

시인을 철저한 이데알리스트로 바라볼 때 그의 비극성은 두드러지겠지만(거기서 병적인 징후를 발견하면 병든 낭만주의라는 이름이 붙겠지?), 그 비극성만큼 이데아가 높아지고, 그만큼 낮은 곳과 높은 곳 사이의 공간도 넓어진다고 우리는 말할 수 있다.

바다를 이야기하다가 이데아라니? 수평적인 이미지인 바다와 수직적 이미지인 이데아가 만난다?

산을 내려오면
산은 하늘에 두고 온 섬이었다
──「비 그친 새벽 산에서」

닻이 내려오는 이 진창
비구름 잔뜩 끼인 날
산들은 아주 먼 섬들이었네──「구름바다 위 雲舟寺」

더 설명할 필요도 없이, "만인의 발바닥에서 사당(祠堂)까지 이어진 길"이라는 수직적 이미지는(수직적 상승이 아니라 밑바닥과 높은 것의 연결이다), 높은 산을 섬의 이미지와 연결시킴으로써 한결 명료하게 그 의미를 드러낸다. 그 길은, 수평으로부터 수직 이동을 행하고, 수평적 이상향을 수직적 이상향과 겹쳐놓을 수 있게 한다. 그렇게 되면, 그 고달픈 길, "거품 같은 길" "내항선(內航船)이 배때기로 긴 자국" 같은 힘든 길은, 그 자체가 이데아를 수태하고 있는 길이라는 추리가 가능해진다. 말장난 같지만, 뻘밭을 기는 투구게가 노는 웅덩이 물도 역시 바닷물이 아닐런가?

투구를 쓴 게가
바다로 가네

포크레인 같은 발로
걸어온 뻘밭

들고 나고 들고 나고
죽고 낳고 죽고 낳고

바다 한가운데에는
바다가 없네

사다리를 타는 게,
게座에 앉네   ──「게 눈 속의 연꽃」

　우리는 앞서, 겁낼 필요도 없고 가벼울 수도 없는 길이라고 썼었다. 달리 표현하면 떠날 수도 머물 수도, 혹은 떠날 필요도 머물 필요도 없는 길이며, 떠나기도 머물기도 겁낼 필요가 없는 길이다. 그 길은 "약(藥)과 마음을 얻었으면,/아픈 세상으로 가서 아프자"고 남에게 권할 수 있는 그런 길이다. 그 권유는 어디 먼 곳으로 떠나보았자 소용없다는 그런 권유가 아니라, 바로 우리의 삶 속에, 우리가 아끼는, 그리는 모든 것이 들어 있다는 권유이며, 그 권유가 자신있고 자유로울 수 있는 것은, 길을 수평·수직으로 겹쳐놓았기 때문이다. 그때, 전체적으로 떠돌아다님의 느낌을 주는 그의 시집들 속에, 이런 시들이 아주 자연스럽게 가라앉아 흐르고 있다.

살아 있는 것들의 더러움을
자기 몸으로 걸르고 걸러

내 목마름을 통과하는 강은
쓰라린 遠距離를 흘러간다   ——「강」

바람 속에
사람들이……
아이구 이 냄새,
사람들이 살았네

가까이 가보면
마을 앞 흙벽에 붙은
작은
붉은 우체통

마을과 마을 사이
들녘을 바라보면
온갖 목숨이 아깝고
안타깝도록 아름답고   ——「들녘에서」

불상을 치우러
영산 꼭대길 올라갔더니
아연, 하늘 아래 평지가 나오고
잔설에 푸른 나무 그림자를 드리운 길이
천상으로 뻗쳐 있다

그 길 따라 한 오 리 들어가니
아연, 한 십여 가호 되는 마을이 나타나고
——「金谷 靈山」

운주사 다녀오는 저녁
사람 발자국이 녹여놓은, 질척거리는
대인동 사창가로 간다
흔적을 지우려는 발이
더 큰 흔적을 남겨놓을지라도
오늘밤 진흙 이불을 덮고
진흙 덩이와 자고 싶다

넌 어디서 왔냐?　　　　　　——「山經을 덮으면서」

　　우리는 조금은 자의적으로, 이런 글의 형식으로는 어
쩔 수 없다는 것을 핑계삼아 아주 거칠게, 황지우의 '길'
을 요약해놓은 셈이다. 그러나 그 요약은 말 그대로 요약
일 뿐 이 글의 앞부분에서 밝힌 섬세한 발휘의 욕구는 하
나도 충족되지 않은 셈이다. 그러니 조금 더 반복하자.
황지우의 길, 돌아다님은 떠남이 아니다. 그 돌아다님은
자재로움·자유로움을 얻으려는 자의 돌아다님이다. 내
가 의미하는 바의 자재로움·자유로움은, 어느 곳, 어느
상황에서나 변함 없는 태도를 보여주는 자재로움이 아니
다. 그 여행은 항심(恒心)을 찾는 그러한 여행이다. 그
자재로움은 항심을 보장하되, 그 마음이 접하는 대상에
따른 태도의 변화를 낳는다. 울어야 할 곳에서 울고 웃어

야 할 곳에서 웃으며, 근엄해야 할 곳에서 근엄하고 마냥 순신해야 할 곳에선 마냥 순진한 그런 자재로움이다. 자재로움은 따라서, 세상살이의 이치를 따른다는 의미에서는 평화스럽지만, 그 자재로움이 구체적으로 만나는 대상에 따라 표정을 달리하며, 그 평화로움은 깨지기도 하는 자재로움이다. 시인은, 그 마음이 부러울 때, 달리 표현하면 자신의 마음이 흔들릴 때는 「내장산(內藏山)」을 바라보며 "내가 몹시 견디지 못해/그대 근처를 거닐 때/〔……〕/얼마나 더 커야/큰 산은 속에다 감추는가"라고 자기가 더 커지길 희원하며(그때 감추는 것은 아마 노여움이라기보다는 노여움의 즉물적 드러냄이리라), 때로는 선적(禪的)인 시의 형식으로 적절하게 그 커지고픈 선적인 욕구를 드러내기도 한다.

돌을 깨뜨려 불을 꺼내듯
내 마음 깨뜨려 이름을 빼내가라
──「게 눈 속의 연꽃」

알루미늄板 바다에
미끼만 채가는 물고기가 있다
이놈을 어떻게 잡을꼬   ──「미끼만 채가는 물고기」

이 맨입으로
돌 속의 쥐새끼들을 어떻게 잡을꼬
──「허수아비──종이고양이」

누군가 내 등뒤에 서 있는 것 같아

휙 돌아보았더니

내 모자, 내 웃옷, 내 바지를 입은 옷걸이였다

왜 罪지은 것처럼 그리 놀랐을꼬

내 옷을 입고 있던 그 者, 어디로 갔을꼬

　　　　　　　　　——「허수아비——옷걸이」

이 밥통, 벌써

須彌山 上峯을 날고 있는

그 모기 잡아오겠느냐　　——「허수아비——모기經」

자, 이놈을 어떻게 깨워내

사막을 다 건너기 전

낙타에게 한 消息, 전할꼬——「허수아비——우체통」

　그 세계는 언어 도당의 세계이다. 언어로 표현하면 놓치는 그런 세계이다. 이전에 김현 선생이 말을 비트니 음탕하다고 말한 그런 세계이다. 그 말을 비트는 음탕한 세계는, 그러나 그 음탕함이 적나라하게 드러나는 만큼 순진한 세계이기도 하다. 우리가 흔히 나이먹으면 순진해진다고 하는 그런 세계이기도 하다. 그 순진함은 그러나, 사물의 겉만 보는 순진함과는 다르다. 후자의 순진함은 말 그대로 어린 순진함이라서, 어머니에게 꾸중 듣고 '엄만 나만 미워해'라고 투정하는 순진함이지만, 성숙한 순진함은 사물의 이면을 꿰뚫는 투명한 순진함이다.

봉창을 여니
옆집 샘가 앵두나무가
ᢒ〔'옴'의 범어〕字 모양으로 가지를 뻗고
들어온다
옴마니밤메훔
줄기가 훤히 보이는 유리로 되어 있는 나무의
붉은 摩尼 보석 열매,
내 손이 빠르게
눈에서 입으로 이어준다 ──「逍遙三篇: 유리 나무」

그러나, 다시 말하지만, 사물의 이면을 꿰뚫는 것은 마음이기에, 특히 시인에게는 사람 사이의 정이기에, 그에 의해 꿰뚫린 자는 상처받는 게 아니라 위안을 받는다. 남을 위안하는 그 순진하게 꿰뚫는 마음. 그러니, 그 선적 (禪的)인 욕망은 시인을 커지고픈 욕망, 순진하고픈 욕망으로 이끌지만(나는 선적인 욕망이 욕망의 제거에 있다고 믿지 않는다. 그것은 날 욕망의 드러남과 한쪽 욕망의 비대화를 경계할 뿐이다) 그것이 시인을 세상 밖으로 몰고 가지 않는다. 과연 시인은, "요즘은 유치한 것도 견딜 줄 안다. 오히려 그런 치졸을 즐긴다고나 할까?"라고 쓰면서 (유치한 채 머무는 것과 크면서 유치해지는 것은 그 얼마나 다른가?) 마누라에게 진부한 사랑 얘기도 하고, 잘못을 빌기도 한다. 그 희한하게 성숙한 유치함 속에서, 시인의 용어를 그대로 쓴다면, 순전히 실존적인 시간·육체·역사는 그 실존을 버리지 않은 채 그 실존을 넘나드는 시간성·육체성·역사성으로 변모하면서 부피를 얻는다. 시인의 마냥 자유롭고 싶을 때 그의 실존은, 시간·육체·역사는 그에게 걸리적거리겠지만, 그것이 시간성·육체성·역사성으로 화하면서, 시인의 돌아다니는 궤적의 부피를 늘려주고, 그에게 걸리적거리던 것은 내구성을 부여받는다.

시간이 시간성으로, 육체가 육체성으로, 역사가 역사성으로 화하는 모습을 구체적으로 확인하고 싶으면 그의 뛰어난 시편인 「산경(山經)」과 「화엄광주(華嚴光州)」를 읽으면 된다. 감히 말하거니와, 「산경」에 의해 우리 당대의 역사적이고 구체적인 욕망, 인간답게 살기, 정의롭게 살기라는 욕망이, 하나의 신화적인 보편성을 얻었다고 할 수 있을 것이며, 「화엄광주」를 통해, 한 시대의 노여움을 한 몸, 아니 한 마음속에 감추려고 눈물겹게 애쓰는 시를 하나 갖게 되었다고 말할 수 있을 것이다. ▨